Entre os
Muros da
Escola

François Bégaudeau

Entre os
Muros da
Escola

TRADUÇÃO
Marina Ribeiro Leite

martins
Martins Fontes

© 2006, Éditions Gallimard
O original desta obra foi publicado em francês com o título *Entre les murs*, de François Bégaudeau.
© 2009, Martins Editora Livraria Ltda., São Paulo, para a presente edição.

Publisher	Evandro Mendonça Martins Fontes
Coordenação editorial	Patrícia Rosseto
Produção editorial	Luciane Helena Gomide
Produção gráfica	Sidnei Simonelli
Projeto gráfico e diagramação	Megaart Design
Capa	Beatriz Freindorfer Azevedo
Preparação	Angela das Neves
	Mariana Echalar
	Mariana Zanini
Revisão	Carolina Hidalgo Castelani
	Denise R. Camargo
	Dinarte Zorzanelli da Silva

1ª edição	2009
2ª edição	2009
Impressão	Imprensa da Fé

Dados Internacionais de Catalogação na Publicação (CIP)
(Câmara Brasileira do Livro, SP, Brasil)

Bégaudeau, François
  Entre os muros da escola / François Bégaudeau ; tradução de Marina Ribeiro Leite. – 2. ed. – São Paulo : Martins Martins Fontes, 2009.

  Título original: Entre les murs.
  ISBN 978-85-61635-27-5

  1. Romance francês I. Título.

09-12821   CDD-843

Índices para catálogo sistemático:
  1. Romances : Literatura francesa   843

Todos os direitos desta edição para o Brasil reservados à
Martins Editora Livraria Ltda.
Rua Prof. Laerte Ramos de Carvalho, 163
01325-030 São Paulo SP Brasil
Tel. (11) 3116.0000 Fax (11) 3115.1072
info@martinseditora.com.br
www.martinseditora.com.br

François Bégaudeau é autor, pela editora Verticales, de dois romances notáveis, *Jouer juste* [Jogar justo] (2003) e *Dans la diagonale* [Na diagonal] (2005), e de uma ficção biográfica consagrada aos Rolling Stones, *Un démocrate Mick Jagger 1960–1969* [Um democrata Mick Jagger 1960-1969] (Naïve, 2005). *Entre les murs* [*Entre os muros da escola*] (2006) recebeu o prêmio France Culture/Télérama 2006.

Três dias atrás, abri ansiosamente o envelope. Mal li a primeira página, passei para a segunda, onde havia um quadro retangular dividido em umas cinquenta casas. As colunas das segundas, terças, quartas e quintas estavam mais ou menos preenchidas, e em branco apenas as das sextas-feiras, como eu havia pedido. No calendário do ano letivo enviado com as duas folhas, contei trinta e três semanas de trabalho que, multiplicadas por quatro, subtraindo os feriados e acrescentando uma estimativa das convocações anexas, davam o total de dias úteis. Cento e trinta e seis.

Vinte e cinco

Quando amanheceu, saindo do metrô, parei na cervejaria para não chegar adiantado.

No balcão de cobre, o garçom uniformizado mal escutava um quarentão cujos olhos, sob os óculos, deslizavam em z sobre um artigo. – Quinze mil velhos a menos, lugar para os jovens.

Os duzentos e cinquenta metros restantes levariam dois minutos, esperei até um minuto para as nove horas para continuar. Na altura do açougue chinês, fui mais devagar para não encontrar Bastien e Luc, que se cumprimentavam no fim da rua. Dobrada a esquina, não pude evitá-los, eles que brincavam com um inspetor diante da grande porta de batentes em madeira maciça que dava para o saguão.

– Tinha uma vaga esperança de que tudo tivesse pegado fogo.

– Ainda dá tempo de colocar uma bomba, você vai me dizer.

Deixei os engraçadinhos para trás. As obras de verão não estavam concluídas, os operários em azul circulavam do recreio ladrilhado para o pátio interno com vigas compridas e finas sobre os ombros, que colocavam na vertical contra uma das paredes do recinto.

A porta da sala tinha sido pintada luminosamente de azul. Longe dos outros, Gilles não parava de andar em volta da mesa oval, com um maço de cigarros amassado na mão.

– Oi.

– Oi.

Espalhados pelas poltronas cinza de um dos cantos do salão, os novos professores ouviam Danièle, que se esforçava para deixá-los à vontade. Entrei no círculo irregular, sentando-me na ponta da mesa que sustentava a máquina de café. Uma de mais de trinta anos era a mais loquaz.

– De qualquer maneira, eu sabia que em sala de aula eu teria de me sujeitar a isso.

Outra de mais de trinta anos foi mais longe.

– Em sala de aula, é preciso que se diga logo. Isso não leva a nada.

Calaram-se. Esperavam para ver.

Copos no lixo, vimo-nos levados para a sala de estudos, onde o diretor disse esperar que as férias tivessem sido boas. A audiência murmurou um "sim" ostensivamente misturado com o desgosto de que estas tivessem terminado, ao que o diretor retrucou pois bem, o que é que vocês querem. Depois limpou a garganta para mudar de tom.

— Ainda que metade dentre vocês esteja de volta à nossa escola neste ano, ninguém ignora que há escolas bem menos cansativas do que a nossa. Vocês vão ver que aqui não falta espontaneidade aos alunos. Alguns são mesmo extraordinariamente espontâneos.

Tendo deixado que a limpeza de garganta evidenciasse o eufemismo, convidou cada um de nós a se apresentar. Levantamo-nos alternadamente, dizendo de que escola estávamos vindo ou desde quando estávamos aqui. Estávamos aqui há quinze, dez, cinco, dois anos, ou tínhamos vindo do subúrbio. Nós nos chamávamos Bastien, Chantal, Claude, Danièle, Élise, Gilles, François, Géraldine, Jacqueline, Jean-Philippe, Julien, Line, Luc, Léopold, Marie, Rachel, Sylvie, Valérie. Aguardávamos nossos horários definitivos.

Quando eles foram distribuídos, poucos vibraram de alegria. Voltamos para a sala para consultar as listas das classes que nos tinham sido atribuídas. Em consideração ao chamado Léopold, sobrancelha direita furada por um *piercing*, Jean-Philippe, no cargo há quatro anos, deslizava seu dedo sobre os nomes de uma classe da sexta série, dizendo a cada vez "comportado" ou "não comportado". Outro, trinta anos feitos, fazia mentalmente o balanço contábil.

◘

Dico demorava a tomar seu lugar atrás dos outros nas escadas.

— Prô, não quero ficar nessa classe, ela é completamente podre.

— Por que ela é podre?

— O senhor de novo, prô coordenador, isso não se faz.

— Mexa-se.

O grosso da tropa esperava diante de uma sala no primeiro andar. Frida tinha agora cabelos compridos e trazia na sua camiseta preta, na horizontal, as letras vermelhas de *Glamour*. Eles se espalharam pelas carteiras rangedoras segundo as afinidades do ano anterior. As quatro chinesas ocuparam as duas primeiras fileiras contra a parede da direita.

— Vamos nos sentar e ficar quietos.

Eles se sentaram e ficaram quietos.

— Que fique claro desde o início do ano: quero que, quando tocar o sinal, todos façam fila imediatamente. Cinco minutos para formar fila, mais cinco minutos para subir, mais outros cinco para se sentarem nos seus lugares, ao todo são quinze minutos de trabalho perdidos. Tentem calcular um pouco o que isso representa, quinze minutos perdidos por aula durante todo o ano. À razão de vinte e cinco horas por semana e trinta e três semanas, dá mais de três mil minutos perdidos. Há colégios em que trabalham uma hora sobre uma hora. Vocês partem com três mil minutos de atraso sobre eles. E depois a gente se espanta.

Brincos de plástico cor-de-rosa, Khoumba não levantou a mão para falar.

— Prô, nunca temos uma hora, todas as aulas têm, eu não sei bem, cinquenta minutos, nunca uma hora. Tipo as-

sim, aqui a gente começa às oito horas e vinte e cinco e a primeira aula termina às nove horas e vinte, isso não dá uma hora.
— Isso dá cinquenta e cinco minutos.
— Não é uma hora, o senhor disse uma hora, mas não é uma hora.
— Sim, enfim, bem, o importante é que se perde muito tempo e agora mesmo ainda estamos perdendo tempo. Peguem uma folha e dobrem ao meio.

Eles escreveram seus nomes, sobrenomes, endereço e outras informações perfeitamente disponíveis em outro lugar. Mohammed não entendia isso.
— Professor, por que o senhor está pedindo isso? Nós já demos as fichas ao coordenador pedagógico e tudo.
— Sim, mas isso é só para mim.

Com o único objetivo de adiar ainda mais o momento de tratar do essencial, pedi a eles que fizessem seu autorretrato em dez linhas. Escrevi a palavra com giz, hesitando no uso do hífen. Amar perguntou se podia fazer um autorretrato imaginário.
— Se você quiser, mas eu preferiria seu retrato verdadeiro.
— Posso começar por eu me chamo Amar?
— Se você quiser.

Khoumba não levantou a mão para falar.
— Prô, eu não vou pôr eu me chamo Amar, eu vou pôr eu me chamo Khoumba.
— Você faz isso de propósito?

Ela dissimulou um sorriso mergulhando o nariz na página, ela tinha um grampo vermelho enterrado na cabeça e alguém bateu. O diretor apareceu no pedaço, seguido do administrador Pierre e dos dois coordenadores pedagógicos, Christian e Serge. Como os alunos não o fizeram espontaneamente, o diretor mandou que eles se levantassem.

– É uma maneira de dizer bom-dia ao adulto que entra, só isso. Não precisam se sentir humilhados.

◘

Sobre a mesinha de canto do salão, Bastien tinha deixado um pacote de biscoitos destinado a todos. Danièle se serviu.

– Eu te garanto, se você controlar bem o tempo para expirar, a cada vez você desce um degrau em direção ao sono. O objetivo é bocejar. Eu sei disso, eu fiz sofrologia durante um tempo. Antes eu dormia duas horas por noite, agora eu virei quase hipermaníaca do sono.

Por sua vez, Line mergulhou sua mão no pacote rasgado.

– E para dor nas costas, você tem alguma coisa?

– Sofrologia, a mesma coisa.

– Porque eu, minhas costas, não dá para aguentar.

– No meu caso, são mais as enxaquecas.

– Sofrologia, é o que recomendo.

Um bebê careca sorria, colado na frente do armário aberto da chamada Élise, que examinava de novo seu horário.

— Três horas na sexta à tarde, obrigada.
— Pra mim a mesma coisa, na quinta.
— Sim, mas na quinta é melhor.
— Sim, mas começar na segunda às oito horas é dose.
— Sim, mas pelo menos os meninos estão dormindo, é mais calmo.

A chamada Géraldine mantinha-se em pé, paralela à mulher com guarda-chuva pintado em segundo plano.

— Alguém sabe tirar frente e verso no xerox?

Bastien falou em nome de todos.

— Bem, ninguém sabe, mas há biscoitos se você quiser.
— Tocou o sinal?

Ao perguntar isso, Line sabia muito bem que sim. Danièle também.

— Você dorme melhor, isso muda tudo.

◻

Eles me mediam em silêncio. Eu fingia não sorrir.

— Então, façam seus autorretratos. Vocês têm dez linhas e cinco minutos.

Um menino de cabeça raspada levantou a mão. Graças à folha dobrada e equilibrada em pé no canto da mesa, pude identificá-lo como Souleymane.

— Por que a gente tem que fazer isso?
— Eu peço isso em todas as minhas classes.
— Isso não serve pra nada.
— Isso serve para eu conhecer vocês.

E ganhar tempo no início do ano.

— Mas a gente não sabe nada sobre o senhor.

Escrevi meu nome no quadro. Eles o copiaram no caderno de endereços. Recuei três passos para ver se estava bem reto. Fazendo isso, eu não pensava em nada. O braço do chamado Tarek se ergueu, letras de canetinha azul sobre a folha dobrada.

– O senhor faz muitos ditados como prô?
– O que você me aconselha? Fazer muitos ou poucos?
– Eu não sei, o senhor é que é o prô.
– Nesse caso, vou pensar sobre isso.

Um moreninho na primeira fileira já tinha se virado três vezes. Após uma espiada na folha dobrada, pude chamá-lo pelo nome.

– Mezut, é para mim que você deve olhar.

Ele pareceu não ouvir.

– Mezut, é para mim que você deve olhar, sim ou não?

Ele murmurou um sim nada convincente.

– Você virá falar comigo no fim da aula.

Sem folha no canto da mesa da terceira fileira, nela pude divisar uma camisa polo amarela de cetim que cochilava.

– Como faço para falar com você, lá no fundo? Como vou chamá-lo? Noventa e quatro?
– Esse não é o meu nome, prô. Meu nome é Bien-Aimé.
– Ah, bom, porque eu pensei comigo, ele não pôs seu nome no canto da mesa porque já está escrito na sua camisa polo.
– Não tem nada a ver, prô.
– O que é, então, noventa e quatro?
– Não sei, é um algarismo.
– Você quer dizer um número.
– É isso, um algarismo.

O sinal fez o efeito de uma bomba num galinheiro adormecido. Eu observava Mezut com o rabo dos olhos, que se perguntava se eu havia esquecido ou não, mas preferiu não correr o risco e se aproximou em silêncio, colocando primeiramente seu autorretrato ao lado de meu diário de classe.
— Você vai ser assim o ano inteiro?
Sua cabeça baixa escondia não sabia que cara.
— Pode falar. Você vai ser assim o ano inteiro?
— Assim como?
— Como "tipo assim eu me viro sem parar e eu rio bobamente quando falam comigo".
— Tem uma coisa que eu não entendi.
— Você vai ser assim o ano inteiro?
— Não.
— Porque se você for assim o ano inteiro, vai ser a guerra e você é quem vai perder. Ou é a guerra e vai ser um pesadelo para você, ou você faz as coisas direito e tudo estará bem, bom fim de dia.
— Obrigado. Até logo, prô.

◘

Géraldine escrevia os nomes de seus alunos no diário de classe.
— Você já viu os da oitava C?
A questão era dirigida a Léopold, que navegava num site gótico e não se mexeu.
— Sim, uma vez.
— Então?

— Então tudo bem.
— Sim, eu também, mas bem, vamos esperar para ver.
Mascarada, uma amazona vestida com uma roupa inteira de couro convidava o internauta a encontrá-la no submundo.
— E você, a sexta A, você já deu aula pra eles?
— Uma vez.
— Então?
— Então tudo bem.
— Sim, eu também, mas bem, eu espero para ver. Há colegas que já estão se queixando.
Line elevou a voz acima da impressora que cuspia em grande velocidade uma caricatura de Dom Quixote. De uma folha a outra, era sempre o mesmo.
— Não sei se tenho o direito de passar para os alunos seriados televisivos.
Ninguém se propôs a esclarecer a questão jurídica levantada.
— De fato, eu gostaria de passar-lhes *Hasta luego*. É um seriado do canal seis.
Géraldine tornou a olhar a lista da oitava C, calculando a proporção de meninas.
— Nós, a gente não tem o canal seis.
— É legal demais como seriado.
— Nem o seis nem o canal um.
— É um tanto ingênuo, mas justamente por isso poderia agradar aos meninos.
— Outro dia meu sogro estava lá em casa no fim de semana e quis ver o noticiário no canal um. A gente pediu desculpas, mas disse que não ia dar.

Valérie provocou um mal-estar nada desejável.
— Droga, é inadmissível suportar isso. Vocês já tiveram os da sexta A?
— Uma vez.
— Porque eu, são loucos furiosos. Primeira aula, já fiz três fichas de ocorrência.
Line tinha posto debaixo do braço um grande aparelho de fita cassete.
— Justamente, é com os da sétima B que eu gostaria de trabalhar *Hasta luego*. Alguém já os viu?
— Sim, uma vez.
— E então?
— Então, tudo bem.
— Sim, comigo também, mas bem, eu espero para ver.

☐

Folha pequena, grande quadriculado. Eu me chamo Souleymane. Sou na verdade calmo e tímido em classe e na escola. Mas, fora, sou outra pessoa: *exitado*. Não saio muito. Só para ir ao boxe. Eu gostaria de levar minha vida numa boa, e sobretudo não gosto de conjugação.

Folha pequena de fichário, grande quadriculado. Khoumba é meu nome, mas não gosto muito dele. Gosto de francês, desde que o professor não seja um zero à esquerda. As pessoas dizem que sou mau caráter, é verdade, mas isso depende de como me tratam.

Folha de caderno de rascunho. Djibril é o meu nome. Sou malinês e me orgulho disso, pois este ano o Mali vai participar da Copa da África. Eles caíram com a Líbia, Argélia e Moçambique. Gosto muito do meu colégio porque os prôs não interfere, só quando a gente tá muito agitado. Pena que vo deixá ele no fim do ano, porque tô na oitava.

Folha grande de fichário, quadriculado pequeno. Eu me chamo Frida, tenho catorze anos e esse é o mesmo número de anos que vivo em Paris com meu pai e minha mãe. Não tenho nem irmão nem irmã, mas muitas amigas. Gosto de música, de cinema, de teatro e de dança clássica, que pratico há dez anos. Mais tarde gostaria de ser advogada, pois eu penso que é a melhor profissão do mundo e que é genial defender as pessoas. Quanto a caráter, sou muito gentil e de fácil convivência, mas meus pais dizem que penso demais. Por outro lado, às vezes sou meio lunática e acho que é porque sou do signo de Gêmeos.

Folha pequena, grande quadriculado, arrancada de um caderno. Eu me chamo Dico e não tenho nada a dizer sobre mim, pois ninguém me conhece, só eu mesmo.

Folha arrancada de agenda, linhas horizontais, sem quadriculado. Eu me chamo Sandra e estou um pouco triste de voltar para a escola mas também contente porque gosto muito da escola, principalmente de francês e história, quando a gente aprende como os humanos construíram o mundo em que vivemos hoje. Eu ainda teria muita coisa para contar, mas o senhor vai logo recolher minha folha, porque eu quis fazer muito bem e comecei a escrever faz dois minutos desculpa os erro.

Folha com pequeno quadriculado, arrancada de um caderno espiral. Tony Parker é o melhor jogador de basquete.

É por isso que ele joga na américa. Ele é pequeno mas corre depressa e faz lançamentos magníficos de 3 pts. Mas na verdade ele é grande. Quando ele tá do lado do jornalista, é o jornalista que é pequeno. Assinado: Mezut.

Folha pequena de fichário, quadriculado grande. Eu me chamo Hinda, tenho catorze anos e sou feliz por viver. Mais tarde gostaria de ser professora primária. Gostaria de trabalhar no pré-primário, porque assim tem menos trabalho, uma folha e uma canetinha, isso as ocupa o dia inteiro. Não, estou brincando, é justamente porque gosto muito de crianças e também de histórias de amor.

Folha pequena, quadriculado grande. Eu me chamo Ming. Tenho quinze anos e sou um chinês. Moro na rua Nantes, 34 75019 com meus pais e ia para a escola com meus colegas, estou na quarta 2 e é um pouco difícil para mim como eu não falo muito bem o francês. Meus pontos bem é que sou gentil e trabalhador. *Minhas* pontos ruins é que sou curioso.

Meia-folha Canson. Eu me chamo Alyssa, tenho treze anos e problemas no joelho porque cresci muito depressa. O francês eu não sei ainda o que penso. Às vezes eu gosto, às vezes acho isso totalmente inútil de fazer perguntas que não têm respostas. Gostaria de ser médica humanitarista, pois um dia um médico humanitarista me falou do seu trabalho e eu soube que era isso que é preciso fazer. Não falo mais sobre isso, deixo que vocês julguem por vocês mesmos.

Eu errava entre as mesas, pondo meus olhos sem ver sobre os cadernos ocultos pelos cotovelos à minha passagem. Eu me entediava.

— Bom, vamos, vamos corrigir. Então uma frase com "depois que"*. Hadia, o que você nos propõe?

Brincos de plástico preto salpicados de corações rosa.

— Depois que ele tenha ido à escola, ele entrou em casa**.

Tendo anotado no quadro a frase ditada, eu me virei.

— Bem, qual é o problema aqui?

Los Angeles 41, lia-se sobre o suéter de Hadia, que permaneceu calada.

— Ontem eu disse que após "depois que" usa-se o indicativo. Por quê? Porque o subjuntivo exprime coisas hipotéticas, ações incertas. Por exemplo, Mezut? Se você quiser olhar para cá.

— Eu não entendo a pergunta, prô.

— Comece por prestar atenção, você verá, é mais simples. Cynthia?

Pink bordado em rosa sobre camiseta preta.

— É necessário que eu vá, é necessário que eu vá à escola***.

— Muito bem. Quando se usa "depois que", é que a ação a que nos referimos já se realizou, então, usamos o indicativo. Então aqui, como vamos fazer? Cynthia de novo.

---

* Em francês, *"après que"*. (N. E.)

** *"Après qu'il soit allé à l'école il rentra chez lui."* Em francês, a aluna misturou tempos verbais do subjuntivo e do indicativo (o *subjonctif passé* e o *passé simple*). (N. E.)

*** *"Il faut que j'aille*, hum, *il faut que j'aille à l'école."* (N. E.)

Pink.
— Hum, Depois que ele foi à escola, ele entrou em casa*.
Eu ia anotando no quadro à medida que ela falava.
— Bem, você usou o indicativo, está certo. O único probleminha, e é a segunda coisa que não estava certa na frase de Hadia, é que nesse caso a gente não usa o *passé simple*. Usa-se de preferência o *passé composé*, então como é que fica**?
Pink.
— Hum... Depois que ele foi à piscina, ele entrou***.
— Sim e não. É preciso usar o perfeito composto na frase inteira.
— Hum... Depois que ele foi à piscina, ele entrou****.
— Atenção ao auxiliar, *ser* e *ter* não são a mesma coisa.
— Hum... depois que ele foi.
— Não! Atenção!
— Hum...
— Você estava indo bem.
— Hum... Depois que ele foi à piscina, ele entrou.
— É isso.

---

* "*Après qu'il alla à l'école, il rentra chez lui.*" Em francês, a aluna usou dois tempos diferentes, ambos equivalentes ao pretérito perfeito do português. (N. E.)

** O *passé simple* [passado simples] e o *passé composé* [passado composto] equivalem ao pretérito perfeito, em português. O uso do *passé simple*, em francês, é sobretudo formal e literário. (N. E.)

*** "*après qu'il est allé à la piscine, il rentra*". (N. E).

**** A tradução é a mesma da frase anterior, mas em francês elas diferem pela escolha do tempo verbal. Além disso, há uma incorreção no uso do verbo auxiliar pela aluna. Em francês, o passado composto do verbo *rentrer* (assim como o verbo *aller*) deveria ser feito com o verbo auxiliar *être* [ser], não o *avoir* [ter], como fez a aluna. (N. E.)

Foi nesse momento que Alyssa se levantou.
— Mas prô, não é obrigatório, a ação já está acabada quando a gente usa "depois que".
Merda.
— O que é que você quer dizer?
— Bem, tipo assim, se eu digo será necessário que você coma depois que... depois que* não sei, naquele momento isso quer dizer o menino ainda não praticou a ação, então, nesse caso, usa-se o subjuntivo normalmente.
— É verdade que nesse caso se poderia empregar o subjuntivo, mas de fato, não. Nesse caso se usa um tempo esquisito chamado *futur antérieur*. Depois que você tiver praticado algum esporte, será necessário que você coma**.
— Não é lógico.
— Pode-se dizer isso, sim, mas você sabe, essa regra com "depois que" ninguém conhece e todo mundo erra, então não vale a pena quebrar muito a cabeça com isso.

◻

Eu não tinha dormido bem, eles dormiam. A porta foi aberta sem bater e Sandra entrou, as paredes balançaram.
— Bom-dia.
Era um bom-dia com sentido mais urgente do que de se desculpar pelo atraso, ela já caminhava para o fundo da sala, ultrapassando de repente seu lugar habitual ao lado de Hinda, que se parecia com não sei mais quem e tinha um ar

---

* *"Il faudra que tu manges après que... après que"*. (N. E.)
** *"Après que tu auras fait du sport, il faudra que tu manges."* Nesse caso se conjugam o *futur antérieur* [futuro anterior] e o *futur simple* [futuro simples], seguidos do *subjonctif présent* [presente do subjuntivo]. (N. E.)

triste hoje, brilho extinto de seus belos olhos negros. Sandra jogou sua bolsa sobre a mesa que Soumaya ocupava sozinha, na última fileira, e sentou-se sob o pôster Férias na Irlanda.
– Por que você mudou de lugar desse jeito?
– Porque sim, prô.
– Evidentemente, explicando assim, você me convenceu.
– Não posso te dizer, prô.
– É um dossiê classificado defesa secreta?
– O que quer dizer, prô?
– Quer dizer que é um segredo de Estado?
– Um segredo de Estado, o que quer dizer, prô?
– Quer dizer um segredo muito, muito secreto.
– É isso.

Eles deveriam redigir um aforismo empregando o presente de verdade absoluta. Gibran morria de rir de não sei o que atrás de sua mão, imitando Arthur, que morria de rir de não sei o que atrás de sua mão.
– Gibran, pode falar.
– O que, prô?
– Eu escuto seu aforismo.
– Meu o quê, prô?
– Seu aforismo.
– Eu não sei o que é, prô.
– É o que deveria ter feito para hoje.

Bateram e Mohammed-Ali entrou, *Trendy 89 Playground*.
– Eu lhe mandei entrar?
– Não, prô.
– E você entra assim mesmo?
– O senhor quer que eu saia de novo, prô?

– Não, não, tudo bem. Você tem algum bilhete?
– Bem, não, prô, porque eu disse para mim mesmo que não valia a pena me atrasar ainda mais, parando com os inspetores e tudo.
– E por que você chegou atrasado?
– É o meu elevador, prô.
– Ele é lento?
– Não, prô, mas ele para o tempo todo.
– Deve ter sido terrível.
– Não, tudo bem, é tranquilo.

Zineb estava com a mão levantada há dois minutos. Bandana rosa na cabeça, brincos de plástico da mesma cor.
– Posso falar meu aforismo?
– Vamos lá.
– Não sei se é bom.
– Vamos lá.
– Devo preveni-lo. Não sei se é bom.
– Estou ouvindo.
– O que não te mata te torna mais forte.
– Muito bem.

Mohammed-Ali tinha acabado de sentar-se, *Trendy 89 Playground*.
– Eu, prô, eu não concordo. Tipo assim, você quebra as duas pernas, pois bem, você não está morto, mas está menos forte.
– O melhor é permanecer num elevador quebrado, assim não acontece nada.

Hinda levantou a mão e seus olhos apagados.
– Sim?

— Trair um amigo é como trair-se a si próprio.
Exclamação indignada, fissuras nas paredes, Sandra.
— Você não é a mais indicada para dizer isso.
Soumaya repetia.
— Você tem que começar por você, depois veremos.
Hinda se parecia com não sei mais quem e não se dignava a ouvir suas invectivas.
— Outras propostas?
Sandra, Férias na Irlanda.
— Respeita os outros como gostarias que te respeitassem.
— Vamos nos tratar por tu?
— Não, é o aforismo.
— Melhor assim.

◻

Como era previsto, Fangjie e Ming dividiam a mesma mesa. Eu havia notado seus nomes na lista sem me perguntar o estágio de sua francofonia. Agora eu me perguntava, temendo interrogá-los e que eles se fechassem por incompreensão como um ouriço preso numa mão. Esperei o primeiro exercício para espichar o pescoço sobre seus ombros. As frases não estavam nem mais nem menos corretas que as dos outros, mas era gramática, pode ser que transcrevessem mecanicamente.

Durante a correção, chegando até as mesas deles depois de uma volta pela classe, foi necessário atacar. Ming parecia menos assustado. Ele leu a frase com forte sotaque, tropeçou em "pesava"*, mas soube identificar os tempos verbais.

---

* *Alourdissait* (pronuncia-se "alurrdissé"), em francês, "tornava pesado". (N. E.)

Perto do final da aula, apresentou-se voluntariamente para destacar os verbos no imperfeito. Ele parou em "estava"*. Preferi não objetar que o particípio seguinte transformava-o em auxiliar, e não no verbo propriamente dito, apostando no silêncio dos outros. Ninguém se manifestou, mas eu não ousava cantar vitória, pois Frida tinha os cabelos puxados para trás e olhinhos espertos.

— Professor, na verdade não é um verbo, é o auxiliar. Depois vem "caído", logo trata-se do verbo "cair" e não do verbo "estar".

— Sim, mas conjuga-se o verbo "estar", mesmo quando ele é auxiliar, então, podemos considerá-lo como um verbo.

— Então, é o verbo "cair" ou o verbo "estar"?

— São um pouco os dois.

¤

— É o que chamamos um dilema, com a exceção de que nesse caso é supertrágico porque dos dois lados somos perdedores. De um lado temos a existência. E o que é a existência? A doença, o sofrimento, a morte dos próximos, enfim, é muitas outras coisas, mas há tudo isso que temos de passar. E de outro lado, pois bem, é a morte, isto é, o vazio, em todo caso para aqueles que não acreditam em Deus. Em resumo, ou você sofre, ou você morre, sabendo que no final das contas você terá necessariamente de passar pelos dois. Pois bem, em resumo, é isso *to be or not to be*. Ser sofredor ou não ser, isto é, morrer. Respondi à sua pergunta, Lydia?

---

* *Était tombé* (pronuncia-se "eté tombê"), em francês, "estava caído" ou "caíra". O verbo *être* (*était*) está no imperfeito, mas com *tombé* no particípio forma o *plus-que-parfait* [mais-que-perfeito], e não o imperfeito. (N. E.)

Mohammed lhe poupou uma mentira polida.
— Prô, o senhor prefere ser ou não ser?
— Eis a questão.
— Eu prefiro ser.
— Você tem razão, mas vamos continuar a aula.

A título de exemplo de presente com valor de futuro próximo, eu tinha escrito "Bill parte amanhã para Boston"*. Djibril tomou a palavra sem pedir, *Adidas 3* escrito em minúsculas sob um brasão triangular no lado esquerdo do peito.

— Por que é sempre o Bill ou coisa parecida?
— Levanta-se a mão quando se quer interferir.

Ele fez isso.

— Por que é sempre Bill ou coisa parecida? Por que não é nunca, eu sei lá, Rachid ou o que quer que seja?

Fiquei envergonhado que minha estratégia para esquivar-me do problema não tivesse surtido efeito.

— Se eu começar a querer representar todas as nacionalidades com nomes, não vou conseguir. Mas, bem, vamos pôr Rachid para agradar Djibril.

No fundo da classe, uma voz não identificada resmungou que Rachid não tinha nenhum valor como nome, mas minha mão já havia apagado Bill e formava Rachid esmerando-se na letra.

Rachid parte amanhã para Boston.

◻

Gilles deixou cair uma pastilha fina num copo d'água. Ocupada com a impressora, Sylvie disse

---

* *"Bill part demain à Boston."* (N. E.)

— você parece cansado.
— Sim, não sei.
Ele hesitou em continuar falando, pressentia que isso iria acabrunhá-lo ainda mais, mas mesmo assim continuou.
— São as sétimas séries. Elas começam a me...
Para completar, ele beliscou duas vezes o pomo de Adão com o polegar e o indicador. Léopold tinha uma fileira de *piercings* na parte superior de cada orelha.
— Espere! Se você visse a sexta A!
Élise concordou.
— São pirados, te juro. Fiz quatro fichas de ocorrência esta manhã. Eu, se isso continua, vai ser o fim. No ano passado, minha pressão caiu a sete, não desejo que isso recomece, muito obrigada!
Marie recuperava pela terceira vez sua moeda que não funcionava na máquina de café.
— Alguém teria troco para cinquenta centavos?
A pastilha efervescente começou a dissolver-se no copo de Gilles.
— Há também casos terríveis nas oitavas. Hadia, por exemplo, é insuportável.
Jean-Philippe sorriu lá do fundo do salão.
— Você sabe o que quer dizer Hadia, em árabe? Quer dizer nobreza silenciosa.
Gilles engoliu de um só trago o líquido agora gasoso. Bastien perguntou-lhe se queria um
— biscoito com a água?
— De qualquer maneira isso não vai mudar nada.
Valérie tinha aberto uma revista a cores sobre seus joelhos, cobiçada por Claude, sentado ao lado.

— Eu sou escorpião, isto quer dizer que eu sou folgado, entende, e ao mesmo tempo muito genioso.
— Eu, eu sou gêmeos.
— Ai! Ascendente em quê?
— Ascendente em leão.
— Ah, sim, você também tem seu geniozinho.
— Por quê?
— Normalmente é assim, ascendente em leão, pessoas suscetíveis.
— É mesmo? Veja você, escorpião, atenção.
— Espere aí, os escorpiões são puros.
— Sem dúvida!
— Então gêmeos, você?
— Sim!
— Eu, os gêmeos...
— O que os gêmeos?
— Bem, os gêmeos, eles não são muito... não muito independentes... Eles estão aí, eles se agitam, percebe, não é muito natural.
— São os peixes que se agitam.
— Não, percebe, os gêmeos têm mais ou menos duas caras, percebe. Não? Você não tem duas caras?
— Sim, sim, sou professor de inglês de dia e *serial killer* à noite.

◘

As nucas não se mexiam. A orientadora pedagógica detalhava os percursos possíveis após a oitava, enriquecendo sua exposição com questões que, pontuadas por respostas anônimas e lacônicas, a convenciam erradamente do conhecimento de seu auditório e a autorizavam a completar, gradativamente, o esquema esboçado no quadro.

– Vocês têm duas grandes famílias de segundas, a segunda profissionalizante e a segunda geral e tecnológica. Bem, a segunda profissionalizante, por que ela se chama profissionalizante?

– Porque é para trabalhar.

– Muito bem, é isso, ela permite o acesso mais rápido ao mundo do trabalho. Se quiserem, aí se ensina qualquer coisa que é mais do domínio do *savoir-faire*.

Ninguém perguntou o que era *savoir-faire*.

– Por exemplo, no curso de secretariado, aprende-se como redigir uma carta, enquanto no segundo ano de administração se faz alguma coisa que é mais do domínio do direito econômico.

Ninguém perguntou o que era direito econômico. Nas costas da camisa sonolenta de Djibril as letras de Djibril arredondavam-se em semicírculo acima de um cinco imponente. Dianka e Fortunée divertiam-se com não sei o que avistado através da vidraça. Os outros ouviam atentos.

– No fim do ano, será necessário preparar um dossiê de inscrição para a escola secundária que vocês tiverem escolhido, enfim, que vocês tiverem escolhido em função do que será possível. Para escolher, vocês sabem, é como as abscissas e as ordenadas, em abscissa, o que vocês querem fazer e, em ordenada, o que vocês podem fazer. Em resumo, é preciso encontrar o equilíbrio entre desejo e realidade.

Ela escreveu no quadro as duas palavras, separando-as por uma barra.

— Assim que vocês tiverem encontrado um bom equilíbrio, cabe ao diretor de sua escola ratificar a escolha do conselho de classe e depois caberá a vocês as providências complementares.

Ninguém perguntou o que era ratificar. A orientadora distribuiu fichas verdes a serem preenchidas de imediato. Desejo/Realidade. Deixei o fundo da sala para percorrer as fileiras. Huang não sabia por onde começar. Nervosamente, começou a inteirar-se do questionário. Diante de profissão da mãe, escreveu mecânica em têxtil.

◻

— De vinte e quatro lições de casa, somente duas revelavam certo entendimento da expressão "sentido da existência". O que isso quer dizer, o sentido da existência?

Frida, *Love Me Twice* em negro sobre a camiseta rosa.

— Isso quer dizer para que servimos.

— Levanta-se a mão quando se quer falar. E então, para que servimos?

Os quatro meninos do fundo não escutavam.

— Kevin, não te interessa o sentido da existência?

— Quê?

— Não se diz "quê".

— Como?

— Parece que não te interessa o sentido da existência.

— Sim.

— O que é, então?

— Eu não sei.
— Nesse caso, escute os outros e você saberá. Frida, você pode nos dizer como podemos definir o sentido da existência?
Frida não procura, ela acha.
— Não sei, eu, tipo assim, se acreditamos em Deus e tudo.
— Bem, correto. As pessoas que acreditam em Deus, é uma maneira de dar sentido à existência. E os que não acreditam, como fazem?
Os quatro do fundo não prestavam atenção.
— Kevin, o que é que se pode dizer àqueles que pensam que fariam melhor se se dessem um tiro imediatamente?
— Não sei.
— Deixaríamos que eles fizessem isso?
Lydia falou sem levantar a mão.
— O sentido é ajudar os outros também.
— Levanta-se a mão quando se quer falar. Ajudá-los como, Lydia?
— Não sei, eu, dando-lhes de comer.
— Sim, é isso, bom, pode-se, por exemplo, tornar-se útil por meio do que se chama compromisso humanitário, coisas assim. E de que outros modos, além desse?
Ela sorriu.
— Ensinando-lhes coisas.
— A quem?
— Às outras pessoas.
— Então um professor, sua vida tem sentido?
— Bem, sim, porque ele tem uma missão e tudo mais.

— Você quer dizer que ele veio ao mundo para isso?
— Pode sê. Não sei.
Fileira da esquerda, primeiro lugar, Dico saiu de seu silêncio distante.
— Não importa o quê, o outro. Ei, prô, por acaso quando você nasceu você queria ser prô?
— Não. Há dois ou três anos somente.
Voltando-se para Lydia.
— Mas sim, é isso, ela diz não importa o quê.

◻

No início da hora de orientação ao trabalho pessoal, eu lhes pedi que lessem a página do dia de sua agenda. Bastante sem graça, Sofiane começou a ler as instruções de um trabalho de artes plásticas. Mal se ouvia sua voz insegura, mas era evidente que os deveres tinham sido mal anotados, como eu esperava demonstrar. Pedi que repetisse o enunciado, pois ela pulava, sistematicamente, um dos termos. Com a irritação de segunda-feira, peguei bruscamente a agenda. O termo oculto, prensado entre "imaginar" e "crível", estava efetivamente ilegível. Youssouf, *Unlimited 72*, decifrou-o como "roteiro". Eu me voltei novamente para Sofiane.
— Como é possível que Youssouf tenha anotado roteiro e você não?
— Não sei.
— Roteiro é ao menos uma palavra que você conhece?
— Não.
— Ah, você não conhece esta palavra? E os outros, vocês sabem ao menos o que quer dizer roteiro?

Nada avalizava essa certeza.
— Roteiro? Pelo menos?...
Yelli acabou por mover os lábios hesitantes.
— É um pouco como a história.
— Bem. É isso, é a história, não são as imagens. Antes de rodar um filme, o diretor tem uma espécie de livro, grande como este, com a marcação, em seu interior, das personagens, do que elas fazem, do que elas dizem. Então "imaginar um roteiro crível", o que isso quer dizer? O que ela queria que vocês fizessem, a sua professora?

Mesmo Yelli não murmurava mais. Meus pés afundavam no estrado.
— Crível quer dizer o quê?

Mody teria ficado muito feliz se soubesse, levantasse a mão e dissesse. Na impossibilidade, ele leiloava as palavras.
— Interessante? Sensato? Sério?
— Sim, é isso, é um pouco como sério, mas ainda mais preciso. Crível vem do verbo crer, quer dizer qualquer coisa em que se pode acreditar. Por exemplo, se Mody chega atrasado e me diz que teve de neutralizar um bando de marcianos jorrados de seu lavabo, eu vou dizer a Mody que sua desculpa não é crível. Por outro lado, se ele me disser que perdeu a hora, talvez eu não acredite nele, mas digamos que seria possível acreditar, então é crível. Então, "imaginar um roteiro crível" todo mundo sabe agora o que é?

Algumas cabeças assentiram um sim, distinguindo-se apenas um não.
— O que vocês deveriam ter feito era imaginar uma história, mas sem cair no delírio, do tipo "ontem eu acordei

com oito pernas e me escondi num cogumelo para comer orelhas de pinguim com maionese". Na verdade, penso que sua professora tinha medo de histórias malucas, e por isso ela pediu qualquer coisa de crível, verossímil. Pois bem, era isso que vocês tinham de fazer para hoje, mas se vocês não tinham entendido nada, como fizeram para realizar o trabalho?

◘

Ainda vazia na hora prevista, a sala de estudos adaptada para a circunstância foi-se enchendo lentamente. Alguns continuaram a ocupar os lugares nas mesas dispostas em U, cuja cabeceira era ocupada pelo diretor que já havia aberto os debates.

— Se tudo ocorrer como previsto em lei, os estrangeiros que chegaram antes vão primeiramente para uma classe de francês intensivo, depois para uma classe de admissão e somente depois passam a integrar uma escola qualquer, com a possibilidade de fazer um curso de francês como segunda língua ou francês como língua estrangeira.

Marie começou um assunto do qual ninguém queria falar.

— Há uma estrutura prevista para os não francófonos que não sejam chineses? Tenho um caso assim na quinta.

Um ar de preocupação alterou a fisionomia do diretor.

— O problema é que há poucas vagas, somos obrigados a estabelecer prioridades. Se você tiver dez nas mesmas condições desse aluno, é possível formar uma classe. Até lá, formaremos com os mais numerosos e, veja sua geografia, são justamente os chineses.

Indiferente a essa pausa humorística, Marie tornou a mergulhar na sua correção de trabalhos. Claude não se mexeu. A seu lado, Léopold, três *piercings* por sobrancelha, abriu um fichário numa página pôster onde uma vampe abria grandes olhos maquiados com fuligem.

— Quem é?

Ele cochichou um nome italiano.

— De que espécie?

— Metal.

— Existe metal italiano?

— Sim, sim, o grupo dela é um dos melhores na Europa.

O diretor não tinha parado de falar.

— O que eu proponho é que um membro de cada equipe pedagógica verifique no horário o dia em que os alunos correm o risco de ficar muito sobrecarregados e vejam o que é possível fazer para aliviá-los.

Isso interessava a Valérie, Claude e Danièle.

— Desde já seria importante fazer com que eles tragam apenas o necessário.

— Seria importante ensinar-lhes a trazer somente o necessário.

— Seria importante ter um jogo de manuais disponível nas classes.

Léopold relia as palavras da canção que ele havia copiado novamente em letras góticas nas costas do fichário.

— Isso fala de quê?

— É uma carta deixada antes de um suicídio.

— Ela se suicidou, a cantora?

— Bem, não, porque ela canta.

– Eu sou um idiota mesmo.

O diretor não havia parado de falar.

– A vantagem do sistema de pontos é a da carteira de habilitação: o aluno sabe quando haverá sanção e é um encorajamento para acalmar-se. A desvantagem é a mesma da carteira de habilitação: enquanto houver pontos, ele pode prosseguir quase impunemente. Seria importante, talvez, inventar uma sanção que o faça perder todos os pontos de uma só vez, mas, nesse caso, o melhor seria não ter ponto nenhum, enfim, é complicado.

Forçando sua voz doce, ele aumentava o volume para sobrepujar os comentários que eram cada vez mais escassos. Sem convicção, ele tentou ainda abrir uma ou duas possibilidades de reflexão, depois propôs uma pausa antes que se repartissem em grupos para elaborar as bases de um projeto do estabelecimento. A proposta fez o efeito de um assobio num galinheiro. Silêncio súbito, primeiramente, depois cadeiras empurradas para trás por pernas pesadas que deixaram a sala.

No banheiro, Jacqueline e Chantal dividiam a pia.

– Por quanto tempo ainda teremos, na sua opinião?

– De qualquer maneira, tenho que pegar meus filhos na escola.

– Merda, não tem mais papel-toalha.

Eu me dirigi para o fim do corredor. Os inspetores tinham abandonado seus postos. Eu afanei um açúcar e abri as portas do armário embutido de metal à procura de um pano de cozinha.

– Isso começa por um.

Voltei-me em direção à porta de onde parecia vir essa voz preciosa. Mas o homem encontrava-se do lado oposto, na contraluz da janela superexposta ao sol. Uma sombra.

– Contar até cem, isso começa por um. Se faltar o um, a conta ficará errada.

Nunca tinha ouvido essa voz sem idade.

– Um não é promessa de cem, mas sem o um, nada de cem.

Ele tirou um pano de cozinha listrado de azul da prateleira superior do armário embutido e o colocou sobre meus ombros.

– Um, dois, três, quatro, cinco, seis, sete, oito, nove, dez, onze...

Voltando à sala de estudos, isso ainda não havia saído de minha cabeça. Despovoado, o U esperava que um primeiro retorno da pausa trouxesse outros. Retomando seus lugares, um copo de chocolate nas mãos, vinte e um, vinte e dois, vinte e três, Line perguntou-me caçoando silenciosamente o que era um projeto do estabelecimento.

– É preciso definir as grandes linhas e propor ações condizentes.

Vinte e nove, trinta, voltava-se em pequeno número, evidenciando a falta de lógica da situação.

– O que é que devemos fazer?

– O que é que podemos dizer?

Trinta e quatro, trinta e cinco, sentando-se de novo, por sua vez, Géraldine propôs ser a relatora da reunião. Rachel iniciou a discussão.

— Eu, eu proponho um projeto sobre as incivilidades. Eles não param de se insultar uns aos outros, seria necessário punir sistematicamente.

— Seria necessário fotocopiar o Dicionário do perfeito animalzinho e obrigá-los a traduzir toda vez.

— E o que é isso?

— É um treco que repertoria as expressões da periferia e te dá o equivalente. Por exemplo, você diz desprezível em vez de bastardo.

Claude não riu nem deu maior importância, enfrentando abertamente a tendência geral.

— O grande problema, estamos todos de acordo, são as sétimas. É com eles que devemos fazer alguma coisa.

Gilles falou pela primeira vez nessa tarde.

— Lamento, mas estamos pagando as besteiras do ano passado. No ano passado, nas quintas, eles já aprontavam, teria sido suficiente dois ou três conselhos disciplinares para acalmá-los.

Bastien engoliu apressadamente seu biscoito e tomou a palavra sem pedir licença a Géraldine, encarregada de fazê-lo.

— Além do mais, é um comportamento típico intimidador, eles nos desafiam o tempo todo.

Valérie tomou a palavra, sem pedi-la a Géraldine, encarregada de fazê-lo.

— De qualquer forma, você percebe que os tipos que nos chateiam são os que não compreendem nada, e o importante seria pegá-los à parte e recomeçar tudo com eles.

Uma, duas, Gilles dobrou de repente seu número de intervenções.

— Lamento, mas entre os deploráveis você tem muitos que não são absolutamente maus elementos.

— Sim, mas os outros não.

Para concluir essa jornada de reflexão, o diretor ofereceu champanhe. Não éramos mais que uma dúzia, treze, catorze, quinze. Tirada segundo as regras da arte, a rolha da primeira garrafa ricocheteou na parede, depois ficou caída sob uma mesa.

◘

Dianka ria não sei de que com Fortunée, um joelho visível acima da mesa e *Life Style* sobre sua camiseta. Ela fingiu que não ouviu o meu primeiro chamado. Eu elevei a voz.

— Sente-se direito, eu disse.

Ela se mexeu indolente.

— Melhor que isso.

Ela se endireitou ironicamente.

— Pode falar.

— Quê?

— Pode falar, eu disse.

Ela hesitou em fingir por mais tempo que não estava entendendo. Cada segundo era um tijolo que a emparedava no seu jogo. Sua vizinha murmurou alguma coisa que a fez sorrir.

— OK, você virá falar comigo no final da aula. Amar, frase cinco, pode ler.

— Os camelos bebem pouca água.

— Então, qual é esse presente?
— Verdade absoluta.
— Sim, é uma verdade absoluta porque não podemos contestá-la.
Khoumba não levantou a mão, pérolas vermelhas na ponta das tranças.
— Prô, há camelos, eles bebem.
— Sim, mas pouco.
— Mais do que os homens.
— Proporcionalmente, somente.
— Então não é uma verdade absoluta.
— Sim.
— O senhor disse que quando não se está de acordo não é uma verdade absoluta, pois bem, eu não concordo.

O sinal fez o efeito de um miolo de pão jogado num pombal. Eu vigiava com o rabo dos olhos Dianka, que se perguntava se eu havia esquecido ou não. Ela se aproximou, olhando para Fortunée, que a esperava no corredor. *Life Style*.

— Dê-me seu caderno e olhe para mim.

Ela só obedeceu à metade da ordem. Eu procurei a página destinada à correspondência para os pais.

— Você formulará dez boas resoluções para o ano. Traga assinado. Eu acrescento que se você persistir nessa atitude, eu pedirei três dias de suspensão. Olhe para mim, quando eu falo com você.

As duas amigas se falavam com os olhos. Eu não tinha dormido bem.

— Você é uma idiota, é impressionante como você é idiota.

— Não vale a pena me insultar ainda por cima.

— Não é insulto. É a verdade, se eu digo que você é uma idiota, é porque você é uma idiota, se eu digo que você é uma boba, é porque você é uma boba. E o dia em que você não for nem imbecil, nem idiota, nem boba, eu direi: Dianka, ela é inteligente, fina e... inteligente.

— Não tem sentido me tratar desse jeito.

— Eu te insulto se tiver vontade, se eu tiver vontade de dizer que você é idiota, eu digo que você é idiota, e se eu digo é porque é verdade, você é idiota, eu tenho três turmas e neste momento você é de muito, muito longe a que leva o título de aluna mais idiota. De muito, muito longe.

— Está bem.

— Não, não está bem. Em três meses você vai se perguntar, mas por que eu fui tão idiota, você vai se perguntar por que eu perdi meu tempo com minhas imbecilidades, em três meses, você vai se dizer o professor de francês tinha razão, eu deveria tê-lo escutado, eu teria entrado imediatamente na série e não teria perdido três meses, eis o que você vai dizer para você mesma em três meses, quer que eu aposte? Você vai se dizer eu fui uma bobalhona e perdi meu tempo, então o que eu te proponho é dizer desde agora, assim não haverá problema, você pode ir embora, já te vi o bastante por hoje.

◻

A página do romance evocava uma burguesa inflexível.

— Alguém sabe o que quer dizer *"tirée à quatre épingles"*?

As fileiras fundiram propostas anárquicas e inadmissíveis. Fiquei contente de poder explicar.

— *Tirer à quatre épingles* é quando uma senhora está vestida de maneira tão rigorosa, de tal forma rigorosa, que se diria que ela é mantida em pé por quatro alfinetes que a mantêm esticada, percebem?
Eles não conseguiam perceber.
— De fato, o que conta especialmente é o rigor, vocês sabem, essas pessoas que se vestem com tal cuidado que se mantêm duras para nada sair do lugar.
Cada palavra era um passo atrás.
— É como as vendedoras nas Galeries Lafayette. Vocês sabem o que são as Galeries Lafayette?
Seu silêncio e a minha incapacidade me fizeram adotar um tom contundente.
— Não, evidentemente vocês não sabem, pois fica num outro bairro.
Sandra, que escutava apenas a metade, endireitou-se, dando uma cotovelada dolorida na parede.
— Essa é boa, nós não somos caipiras, às Galeries Lafayette eu vou quase todas as semanas, então, essa é boa.
O sinal interrompeu suas vociferações ao mesmo tempo em que a algazarra das quatro horas da tarde, que se multiplicou por três depois, evaporou-se nos corredores como um voo de patos ao longe. Sobre o lago, de repente, vi passar um bando de gansos selvagens. Iam para o Sul, para o Mediterrâneo. Um voo de perdizes sobre o lago subia para os... Sandra sitiou minha mesa, acompanhada de Imane e Hinda, que se parece com não sei mais quem.
— Prô, por que o senhor sempre zomba da gente como se a gente não soubesse nada?
— Nem sempre. Você exagera um pouco.

— Sim, mas as Galeries Lafayette o senhor exagerou na dose, porque eu sabia muito bem, vou lá todas as semanas e tudo.

— É verdade que às vezes tenho a impressão de que vocês nunca saem desse bairro.

— Não tem nada a ver, prô, eu, meu amigo mora no décimo sétimo.

Aviação sustentando a artilharia, Hinda interveio.

— Não é conversa, prô, o amigo dela mora no décimo sétimo, é por isso que ela vai sempre lá.

A única coisa que eu tinha a fazer era bater em retirada ou divertir-me.

— A propósito, vocês fizeram as pazes?

Sandra suspendeu seu cinto largo acima de seu pneuzinho.

— Isso, prô, só diz respeito a nós.

◘

A chuva começou a bater na vidraça. Sylvie passava as notas no caderno para esse fim, Géraldine desmanchava em pedacinhos um brioche colocado no meio da mesa oval.

— Na verdade, eu procuro mais para o lado do décimo segundo.

— É verdade, esse bairro é simpático.

— Sim, há lugares muito simpáticos.

— Nem todos, diga-se de passagem.

— Nem todos.

— Por isso, o décimo primeiro, porque tudo é agradável.

Lábios apertados, na dúvida, Sylvie inspirou longamente pelo nariz.

— Tudo agradável, apesar de tudo, é preciso ver.
— É claro que não é o sexto, mas, bem, é agradável no conjunto.
— Mesmo no quinto, nem todos os lugares são agradáveis.
— Justamente, depois o décimo primeiro, você sabe, tem vida por toda parte e é antes de tudo jovem.
— Não necessariamente.
— Enfim, jovem, não sei, mas socialmente você não topa com as velhas burguesas super-ricas, que te olham de alto a baixo no elevador, com seus cachorros e tudo.

Sylvie fechou seu diário de classe e beliscou com dois dedos um pedaço de brioche.
— Sim, mas é um choque topar com professores.

◘

Eles invadiram a sala numa balbúrdia de depois do almoço. Pedi, sem sucesso, que se sentassem. Dico e Khoumba se insultavam no fundo da sala. Pensei que fosse a rotina de provocação expressa, mas o tom subiu e ele a empurrou. Eu me precipitei para interpor-me. Ele pretendia continuar, sem usar de violência, no entanto.
— Volte para o seu lugar e sente-se.

Khoumba o irritava, desafiando-o.
— Você também, Khoumba, acalme-se e sente-se.

Vãs determinações. Atraídos pelo barulho, os mais jovens tinham parado na soleira da porta, ainda aberta. Como eu me aproximei, eles fugiram para o andar superior. Hélé, o que encerrava a marcha, voltou-se para trás.

— Vem por aqui.
— O quê? Não fui eu.
— Como não foi você?
— Não fui eu.
— Peça desculpas.
— Desculpa.
— Está desculpado.

Dico e Khoumba não renunciavam à provocação, encenada ou não. Eu apertei o braço do primeiro na direção de sua cadeira.

— Com que direito o senhor me toca?
— Sente-se.
— Eu sento, mas o senhor não me toca.

Kevin permanecia em pé, na fileira.

— O que você faz aí?

Eu gritava. Ele apontou uma cadeira não longe.

— Esse é o meu lugar.
— Não é esse o seu lugar, você vai para o fundo da sala.

Eu o empurrei pelas costas, ao que ele opôs a resistência de seu peso de aspirante a obeso. Eu puxei brutalmente as alças de sua mochila, que aterrissou sobre uma carteira individual encravada num canto.

— Por que o senhor descarrega em mim?
— Eu descarrego em quem eu quiser. É você o professor ou sou eu?
— Prô, o senhor viu o que ele jogou?

Era Khoumba que brandia a prova do crime, uma bolinha de papel. Dico se denunciou, negando antes de ser acusado.

– Não fui eu, eu estou dizendo, eu quero mais é que ela se foda.
– Você quer o quê?
– Eu quero que ela se dane.
– Assim é melhor.

◘

Eu teria preferido que cada um viesse ler no quadro seu texto sobre poluição, mas os chineses não saberiam. Jie talvez, Jiajia eventualmente, mas Liquiao e Xiawen só seriam capazes de estropiar ainda mais formulações já incompletas. Elas esperavam que eu não as submetesse a essa prova e eu esperava que os outros não percebessem nada ou fizessem como tal. Já na metade das apresentações, eu não impus mais a ida ao quadro negro, mas solicitei voluntários, depois terminei o exercício, alegando falta de tempo. Sem levantar a mão, Mariama fez ouvir sua voz grossa, diamante fantasia na narina esquerda.

– Por que eles não são chamados, o bando de Jie?

Eu abaixei a cabeça um segundo a mais, depois a levantei sem saber o que dizer.

– Não é muito gentil como forma de se exprimir.
– Mas por que eles não vão ao quadro?
– Os que querem vir, vêm, nada mais.
– Agora pouco, o senhor chamou Frida e ela não queria ir.
– É que tinha certeza de que o que Frida tinha feito estava bom.
– Por que os outros que não fizeram, não está certo?
– Posso continuar minha aula?

Em sinal de reprovação, ela fez estalar sua língua em ventosa contra o palato fazendo tssss.

◻

— É uma história em que as personagens são ratos? Sandra fez a pergunta sem largar a agenda onde anotava o título do livro para comprar.
— Não, são homens de verdade. Há apenas uma história de ratos em determinado momento, você verá.
— Isso parece uma porcaria.
— É por isso que estou dando para vocês lerem.
Mohammed-Ali perguntou qual o verbo que vai com emocionado. Eu pedi o relatório, ele não tinha feito, eu disse o verbo e perguntei se ele saberia conjugá-lo. Ele começou a gaguejar os *m*, esforçando-se por juntar-lhes as vogais refratárias.
— Este é um verbo para aborrecer o mundo, emocionar*. Mesmo os adultos têm dificuldade, é só fazer o teste e vocês vão ver, é um desastre. Só pessoas muito cultas como eu é que sabem.
Um riso zombeteiro inundou a sala, combinado com limpezas de garganta gozadoras. Humilhado, fechei o parêntese pretendido cômico, retomando minha frase no quadro com austeridade jesuítica. Quando virei, Katia conversava com sua vizinha Imane.
— Katia!
— O quê?
— Você sabe muito bem o quê.

---
* "*Émouvoir*", em francês (pronuncia-se "emuvuar"). (N. E.)

— Eu não fiz nada.
— Você virá falar comigo no final da aula.
— Prô, isso não se faz, o senhor está fulo e desconta em mim, isso não se faz.
— Em primeiro lugar não se diz fulo, diz-se o quê?
— Diz-se o que o quê?
— Use uma palavra verdadeiramente da nossa língua, isso já melhora.
— O senhor está com raiva e desconta em mim, isso não se faz, prô.
— Não cabe a você dizer-me se estou com raiva ou não, e agora cale-se, porque se não isso ainda vai acabar mal.
Imane levantou a mão.
— Prô, é verdade, ela não estava falando nada, fui eu que falei, eu juro.
— Você quer a punição em lugar dela, é isso?
— Não, prô, mas Katia não estava conversando.
— Ela tem três anos, Katia? Ela não pode se defender sozinha?
— Ei, professor, francamente, o senhor também exagera.
— Posso continuar minha aula?
— Quanto a mim, acho que o senhor exagera.
— Você só tem que conjugar comover-se* no *passé composé*, se quiser realmente descobri-lo.

◻

---

* "*S'émouvoir*", em francês. (N. E.)

Pedi a Khoumba que lesse um trecho, ela disse que não estava a fim.
— A fim ou não, você vai ler.
— O senhor não pode me forçar a ler.
Eu peguei os outros vinte e quatro como testemunhas.
— Que nome se dá ao que Khoumba acaba de fazer?
— Insolência.
— Bom, Kevin. Vê-se que estamos tratando com um especialista.

Khoumba pôs-se a engolir as sílabas, como todas as vezes em que ela contesta, com um sorriso no canto da boca, porque as amigas à sua volta davam risinhos de troça. Sem nenhuma ideia no momento, disse-lhe para ficar no fim da aula.
— Frida, você estava começando a nos explicar "perverso".

I love Ungaro, dizia sua camiseta.
— Não sei se está bom.
— Pode falar.
— É alguém que tem ideias estranhas, não sei.
— Por exemplo, se desejar comer a torre Eiffel, sou perverso?
— Não, são ideias estranhas, mas não como essa, não sei.

O sinal fez voar as penas do edredom. Do canto do olho, eu vigiava Khoumba, que deu três passos autoritários para colocar sobre minha mesa seu caderno de correspondência, *Nike Atlantic* sobre seu blusão em imitação de couro, boca superfechada como por medo de que se vá procurar o microfilme ali escondido. Eu escrevi os termos da punição, com um bilhete para os pais. Contar em cem linhas a apren-

dizagem do respeito por uma adolescente, devidamente assinado, para depois de amanhã. Antes de devolver-lhe o caderno, quis amansar minha raiva.
— Vai ser assim o ano inteiro?
— O ano inteiro o quê?
— Peça desculpas.
— Desculpas de quê? Eu não fiz nada.
— Peça desculpas. Enquanto você não pedir, não vou liberá-la.
Ela hesitava entre salvar a pele e juntar-se a suas amigas que se revezavam no vão da porta.
— Essa é boa, eu não tenho de me desculpar, eu não fiz nada.
Para me irritar, ela fingiu querer alcançar o caderno que eu mantinha suspenso para irritá-la.
— Assim não vai, não? Arranque-me o braço enquanto estiver aqui.
Ela se fechou novamente.
— O que é que se passou, neste verão, você soube coisas desagradáveis a meu respeito?
Ofensiva rude.
— Por que o senhor diz isso?
— Não sei, no ano passado, éramos amigos, você gostava de mim, e este ano você me inferniza a vida, por isso eu digo que neste verão fizeram a minha caveira para você.
— Minha mãe está me esperando.
— Ela espera que você se desculpe.
— Desculpe.
— Desculpe o quê?
— Desculpe, nada mais.

– Desculpe o quê?
– Eu não sei.
– Repete depois de mim: senhor, peço-lhe desculpas por ter sido insolente com o senhor.
– Eu não fui insolente.
– Eu espero: senhor, peço-lhe desculpas por ter sido insolente com o senhor.
– Senhor, peço-lhe desculpas por ter sido insolente com o senhor.

Era recitado mecanicamente, com ostensiva falta de convicção. Apesar disso, eu lhe estendi o caderno que ela pegou logo, antes de sair pulando em direção à porta. No momento em que desapareceu no corredor, exclamou:

– Não acho.

Eu pulei, mas muito tarde. Sua pequena silhueta crítica despencava um andar abaixo. Eu renunciei, só me restava gritar-lhe ameaças. Voltando à minha sala, chutei uma cadeira que virou. Um trambolhão.

◘

1. Quais são os valores da escola republicana e como fazer para que a sociedade os reconheça? 2. Qual deve ser o papel da escola para a Europa de hoje e das décadas futuras? 3. Que tipo de igualdade deve a escola perseguir? 4. Deve-se partilhar de outra forma a educação para jovens e adultos, e investir mais no mundo do trabalho? 5. Que base comum de conhecimentos, de competências e de regras de comportamento os alunos devem dominar prioritariamente ao fim de cada etapa da escolaridade obrigatória? 6. Como

a escola deve adaptar-se à diversidade de alunos? 7. Como melhorar o reconhecimento e a organização da via profissional? 8. Como motivar os alunos e fazê-los trabalhar com eficiência? 9. Quais devem ser os objetivos e as modalidades de avaliação dos alunos, de atribuição de notas, de exames? 10. Como organizar e melhorar a orientação dos alunos? 11. Como preparar e organizar a entrada para o curso superior? 12. Como os pais e parceiros externos da escola podem favorecer o sucesso escolar dos alunos? 13. Como ocupar-se dos alunos com grandes dificuldades? 14. Como promover a escolaridade de alunos com deficiências ou doenças graves? 15. Como lutar eficazmente contra a violência e comportamentos antissociais? 16. Que relações estabelecer entre os membros da comunidade educativa, em particular, entre pais e professores e entre professores e alunos? 17. Como melhorar a qualidade de vida dos alunos na escola? 18. Como, em matéria de educação, definir e repartir os papéis e as responsabilidades respectivas do Estado e das coletividades territoriais? 19. Deve-se dar mais autonomia às escolas e avaliar seu desempenho nesse aspecto? 20. Como a escola deve maximizar os meios de que dispõe? 21. Deve-se redefinir as funções da escola? 22. Como formar, recrutar, avaliar os professores e organizar melhor sua carreira?

◘

Sob o planisfério em que a URSS reinava em vermelho, Mohammed e Kevin brigavam pelo lugar ao lado de Fouad. Finalmente o primeiro preferiu desalojar Bamoussa, que protestou que aquele foi sempre o seu lugar na aula de francês.

– Se você quer o lugar dele, Mohammed, encontre um argumento mais plausível.

– É só desocupar, nada mais.

– Isso não é um argumento.

– Se Bamoussa ficar neste lugar, haverá muita poluição nesta sala, e é ruim pra camada de ozônio.

– Assim é melhor. Mas não vejo em que ele polui.

– Com seu tênis todo queimado ele polui.

– Seu tênis foi queimado, Bamoussa?

– Foi ele quem queimou.

Embora já sentado, Souleymane não havia tirado seu capuz.

– O capuz, Souleymane, por favor.

Ele o fez escorregar sobre os ombros, jogando a cabeça para trás, deixando a descoberto sua cabeça raspada. Fortunée passou a usar óculos e de agora em diante não os tirava nunca. Khoumba tinha três vezes *Love* em colônia em seu pulso e tirava suas coisas sem nenhuma intenção de me devolver aquilo que me devia. Eu me inclinei sobre sua carteira.

– Dê-me seu caderno.

– Por quê?

– Você sabe muito bem por quê.

Nos termos do castigo substituí cem linhas por cento e cinquenta.

– Da próxima vez você pensará no que você diz. Ainda você tem sorte, tem duas semanas para fazer este castigo.

– De qualquer maneira, eu não vou fazer.

Eu girei sobre meus calcanhares para não insultá-la. Furioso. Quando eu retomava o estrado, ela murmurou não sei o quê que fez sua vizinha dar risada. Mais raiva ainda. Dounia a estibordo.

— Prô, disseram na televisão que vai ter um debate nos colégios.

— Preocupe-se antes em pegar o seu fichário.

Amar a bombordo.

— O senhor vai dar lição de casa pras férias?

— Você gostaria?

— Sim.

— Então não vou dar.

◻

Line parou de soprar seu chá para prestar atenção em meu trabalho.

— Ora, ora, você não para nunca de trabalhar.

Sem se importar por eu não ter replicado, dirigiu-se a Géraldine, que lia distraidamente o documento oficial sobre o debate nacional pregado no quadro de cortiça.

— Não fique assim deprimida, Gegê.

— Eu não estou nem um pouco deprimida, terminei esta tarde.

— É verdade que você não tem aula na sexta.

Passando como uma lufada, Luc fez voar minha pilha de exercícios e disse:

— São realmente intoleráveis os privilégios.

Line engoliu em seco.

— Não se queixe, você só trabalha na sexta de manhã. Quanto a mim, me desculpe, eu só paro às cinco horas.

— Sim, mas eu tenho quatro horas, convenhamos.
— Espere, as horas da manhã são nada.
— Sim, mas quatro em seguida, muito obrigado.

Com olheiras até as orelhas, Gilles segurava maquinalmente um cigarro, por falta de sala para fumantes.

— Isso depende dos alunos. Se são os das sétimas, é pior.

Três *piercings* em cada orelha, sob a mulher com sombrinha, Léopold não concordava.

— A sexta A, então, não te conto nada. Ainda ontem fiz duas fichas de ocorrência. Eles, não vale mesmo a pena sexta-feira. Manhã ou não.

Rachel acabava de bloquear a xerox.

— Por que esta merda não tira frente e verso?

Gilles não dava o braço a torcer.

— As oitavas são uma casca.
— Em todo caso, você parece cansado.
— Sim, não sei.
— Mas, veja, você vai poder descansar.
— Sim!, não sei. As férias me deixam estressado.

Vinte e oito

Saindo do metrô, parei na cervejaria. Um cinquentão fumava sem usar as mãos, ocupadas em segurar seu jornal onde um jogador de rúgbi de branco levantava os braços, vitorioso. O garçom uniformizado depositou uma xícara sobre o balcão de cobre.

– São fortes, esses ingleses.

– Eles inventaram o jogo, o que você quer que eu diga.

Lá fora, o dia ainda tímido deixava ver os açougueiros chineses que descarregavam um caminhão-frigorífico. Dobrada a esquina, o coordenador pedagógico Serge e o inspetor ali constatavam a sabotagem da campainha.

– É preciso consertar, o que você quer que eu diga. Olhe, oi, tudo bem?

— Legal.
Eu não tive de empurrar a porta de madeira maciça. Uma senhora da limpeza passava o pano de chão sobre os ladrilhos do pátio. Equipada com uma vassoura de piaçaba, uma outra amontoava as folhas contra o quarto muro do pátio interno. Atrás da porta azul, Gilles, com olheiras, xerocava uma página do manual, *band-aid* no dedo. Ele levantava a voz para dominar a copiadora.
— Francamente, me aborrece voltar a isso.
— O que é isso?
— Eu consertava umas coisinhas e bum, uma martelada.
Sobre a camiseta de Léopold, que empurrava a porta, por sua vez, um vampiro decretava em inglês o apocalipse agora.
— Oi. Olha, o que é isso?
— Eu estava consertando umas coisinhas e bum, uma martelada. Enfim, se fosse só isso.
Valérie verificava seus e-mails.
— Você tem outros problemas?
— Não te aborrece o fato de ter de voltar aqui? A mim, francamente.

◻

Dico demorava a tomar seu lugar nas escadas, atrás dos outros.
— Prô, ainda é possível mudar de classe?
— Talvez seja a classe que esteja querendo mudar de Dico.
— É possível aos alunos mudar de diretor?

— Ande logo.

A maior parte do grupo esperava diante da sala de física. Frida destilava uma história bebida por um semicírculo de meninas.

— Então eu lhe disse eu não sou sua puta, então ele disse...

— Vamos, entrem.

Eu não tinha dormido bem. Mohammed empurrou Kevin, que, exagerando seu desequilíbrio, se chocou com a primeira carteira à esquerda, ao entrar.

— Prô, o senhor viu como ele me empurrou?

— Não estou nem aí.

Dianka me alcançou perto da mesa.

— Prô, eu não encontrei o livro.

— Que livro?

— Aquele que o senhor disse para comprar, com os ratos.

— Todo mundo encontrou, por que você não?

Souleymane tinha entrado na sala com seu capuz na cabeça, esperei que ele se sentasse.

— O capuz, Souleymane, por favor.

Ele o fez escorregar para os seus ombros com um movimento de cabeça.

— O gorro também.

Ele o tirou passando a mão pela frente, como por um capuz. Dounia se olhava na tampa metálica de seu estojo. Dianka não tinha se mexido.

— Não faz mal então, prô, se eu não tenho o livro?

— Não, não. Você vai apenas colocar-se ainda mais a oeste do que de costume.

Ela se voltou, contente por não ter de comprar nada e prestes a deixar Fortunée cair, que não tinha mais seus óculos e me estendia a punição de Khoumba. Eu a amparei com a palma da mão.

– Diga-lhe que ela mesma me entregue o trabalho.

Informada por sua amiga, Khoumba avançou do fundo da sala, com a folha que deixou cair sobre minha mesa sem dizer uma palavra.

Um adolescente aprende pouco a pouco a respeitar seus professores por causa das ameaças destes ou por medo de ter problemas. Esses são apenas exemplos. Quanto a mim, eu respeito vocês, e o respeito deve ser mútuo. Como, por exemplo, eu não digo que vocês são histéricos, por que então vocês dizem que eu sou? Eu sempre respeitei vocês, por isso eu não compreendo por que vocês me fazem escrever tudo isso!! De qualquer maneira, eu sei que vocês têm um ressentimento contra mim, mas eu não sei o que eu fiz. Eu não venho à escola para que o meu professor faça piadas não sei por que razão! Eu pego a sua agenda? NÃO! Eu sou seu aluno e você é meu professor. Então, eu não vejo por que me fazer piadas. O senhor deve enriquecer nossos conhecimentos em francês. Minha resolução é de me sentar no fundo da sala em todas as aulas, assim não haverá mais conflitos "por nada", a não ser que o senhor me "procure". Confesso ser ÀS VEZES insolente, mas se não me provocam, eu não sou insolente. Bem, eu volto ao assunto proposto. Quando eu digo "por causa das ameaças destes" é, por exemplo, o senhor ter escrito no meu caderno "eu serei obrigado a tomar medidas mais severas", pois bem, isso é uma ameaça (a meu ver!). E quando eu digo "com medo de problemas" quer dizer que essa pessoa tem medo de ser levada à diretoria ou de ser expulsa. Eu, em todo caso, eu me comprometo a respeitá-lo se for RECÍPROCO. De qualquer maneira, eu nem mesmo olharei para o senhor, para que o senhor não diga que eu estou olhando com insolência. E, normalmente, numa aula de francês, deve-se falar do francês e não de sua avó ou irmã. Por isso, a partir de agora, eu não falarei mais com o senhor.

◻

Eu havia explicado *victimisme*, e Mohammed-Ali havia dito que os árabes se queixavam, ao passo que eles eram tão racistas quanto os outros, mas que havia ainda pior, os martinicanos, que se consideravam mais franceses do que os árabes, e Faiza havia dito que os martinicanos se consideravam mais franceses do que os malineses então que, bem, não importa o que, e eu havia dito que não se deve generalizar, e quando tocou o sinal, Chen se afastou do voo de pardais para correr em direção à sala, indiferente a meus lábios que uma hora mais tarde eu descobriria sujos de tinta.

– Prô, o problema é a natureza humana, o homem vai sempre querer destruir aquilo que não tem a ver com ele, nada mais, é assim, é fatal.

Com sua bela voz de dublê de ator adolescente, e sorrindo do embaraço diante da ousadia da proposição.

– O que precisaria era de um inimigo comum, assim todo mundo se reconciliaria. Basta designá-lo, eis a questão.

Hakim puxava-o pela mochila em direção à saída, como um louco que é internado à força num hospício.

— Além do mais, isso resolveria a superpopulação, porque o problema é que tem gente demais.
— Nesse caso, Chen, a gente deveria tomar como inimigo os mais numerosos. Reveja sua geografia, quem são os mais numerosos?
Arrastado por Hakim, ele se afastou recuando.
— Bem, sim, são os chineses.

◘

— Prô, nós vamos ter ditados?
— Qual a relação disso com o estudo da argumentação, Tarek?
Não havia relação, retomei o fio da meada.
— Então um exemplo, é o quê?
Todos sabiam, mas pressentiam que não conseguiriam explicar. A título de exemplo, eu criei no quadro uma frase saturada de informações precisas. Um operário cinquentão cruzou, na rua de Faubourg Saint-Antoine, às dezessete e trinta, numa tarde de inverno, com a mulher de um cirurgião chamada Jacqueline. Isso tudo para tentar explicar uma tese, a saber, a probabilidade, maior nas cidades do que no campo, de encontros inesperados. Eles começaram a copiar sem entender.
— Da tese ao exemplo, vamos do particular para o geral.
Curvada sobre sua folha, Alyssa se endireitou como um ponto de interrogação.
— Por que as pessoas a gente às vezes as chama de particulares?
— Ah? Quando isso?

— Não sei, às vezes na tevê eles dizem, não sei, eles se deslocam em direção aos particulares.
— Ah, isso não tem nada a ver, isso. Isso vai nos desviar do assunto.

Sua pergunta sobrevivia na ação dos dentes em luta com a ponta de seu lápis. Tendo começado a copiar, Djibril levantou os olhos de sua folha, *Ghetto Star* em verde sobre sua camiseta branca.

— Prô, qual é o nome, na frase?
— Jacqueline.
— É muito estranho.
— É Jacques para mulher.
— A gente pode mudar?
— Ponha o que você quiser.

Ele mergulhou de novo na sua cópia.

— O que você pretende pôr?
— Jean.
— Sim, mas Jean para a mulher de um cirurgião não dá.

Ele franziu a testa.

— Jane, isso existe?
— Sim, sim.

Numa tarde de inverno, um operário cinquentão cruzou, na rua de Faubourg Saint-Antoine, às dezessete e trinta, com a mulher de um cirurgião chamada Jane.

◻

— O sinal tocou?

Fazendo a pergunta, Élise sabia bem que sim. Irène também sabia, ainda mais que não teria aula na próxima hora.

– Eu não estou nem aí, ainda mais que não tenho aula em seguida.

Sentadas sob as ninfeias pintadas de azul, Jacqueline e Géraldine concordaram.

– Não vai nada bem com a sexta A. Ontem fiz duas fichas de ocorrência e expulsei um.

– Não são dez dias de férias que vão acalmá–los.

– Antes dez conselhos de disciplina.

– Com o Ramadã, era só o que faltava.

Luc tinha deixado uma ficha de ocorrência em meu armário. Relação dos fatos censurados a ser enviada ao diretor. No estádio, Dianka mostrou-se insolente, duas vezes em seguida. Ela *tipou* a professora, que corria com seus alunos, e fez seu teatro quando o professor mandou que ela se desculpasse (*tipar*: fazer barulho com o canto da boca, querendo dizer: vá se...). Resultado: duas horas de castigo no colégio, quarta-feira das oito e trinta e cinco às dez e vinte e cinco. Copiar novamente o regulamento de educação física à página quarenta e oito do caderno de correspondência.

Eu estava terminando de ler quando o autor apareceu vestindo um anoraque impermeável. Eu não tinha dormido bem.

– Você está certo que quando eles *tipam*, isso quer dizer vá se foder?

– O que você acha? Você acha que quer dizer vá se divertir nos banhos turcos?

– Bom.

Ele já se afastava.

– Não suporto esse barulho.

— Tssss.
— Pare, eu não suporto.
— Tssss.
— Você quer duas horas de castigo?
— Vá se divertir nos banhos turcos.

◻

Souleymane entrou na sala com o capuz sobre a cabeça, eu esperei que ele sentasse para adverti-lo.
— O capuz, Souleymane, por favor. E o gorro também.
Ele tirou um com um movimento de cabeça e o outro passando a mão pela frente como por um capuz. Olhei para fora sem ver as árvores, depois meus olhos se fixaram nele.
— Souleymane, proponho-lhe uma coisa: para segunda-feira você escreve vinte linhas para me convencer de que é muito importante para você conservar todo esse material sobre a cabeça. Se me convencer, deixo você tranquilo com isso até o fim do ano. Combinado?
Ele sorriu, abanando a cabeça raspada. Brandindo o relatório de Luc, chamei Dianka, que passava pela sala.
— Você vê o que é isso?
— Bem, sim.
— Por que o senhor Martin me enviou isso?
— Porque sim.
— Por que sim o quê?
— Porque o senhor é o prô coordenador.
— Porque eu sou o professor coordenador e porque pedi especialmente à equipe de professores que me informassem de tudo a seu respeito.

— Por quê?
— Porque sim.
Ela *tipou*, fazendo barulho com a boca.
— É engraçado que você faça esse barulho, porque é justamente o que reclamam de você.
— Eu não o fiz na ginástica.
— Então o senhor Martin está mentindo.
— Não sei, eu não fiz durante a ginástica, nada mais.
— Pois bem, eu não acredito que você não tenha feito na educação física, e sabe por quê? Porque você faz o tempo todo e em qualquer lugar, mesmo que isso deixe todo mundo nervoso. É verdade ou mentira que você faz em qualquer lugar?
Ela abaixou a cabeça e a voz.
— Não em qualquer lugar.
— Sim, em qualquer lugar. Pode ir sentar-se.
Ela enveredou pelas fileiras. Tssss.

◻

Os representantes dos pais dos alunos ficavam de um lado, os professores de outro, um terceiro destinado a outros membros do pessoal, assim como Sandra e Soumaya, que, ao sentar-se, colocaram diante de si uma lata de coca. Eu não sabia que elas tinham sido eleitas para o conselho de administração.

Assim que Marie abriu a sessão para retificar o artigo do regulamento sobre os símbolos políticos e religiosos, Sandra levantou a mão para perguntar o sentido exato de proselitismo. De quatro ou cinco bocas endurecidas pela solenidade, emergiram quatro ou cinco definições, nas quais pela forma negativa se falava de tolerância, de respeito, de valores comuns, de República. Considerando essa polifonia, o diretor propôs deixar a votação para o fim da sessão, e que abordássemos o segundo ponto da ordem do dia.

– Gostaria de submeter a vocês o projeto de mudança de horário para o próximo ano, por exemplo, iniciar as aulas às oito e quinze em lugar de oito e vinte e cinco. Isso permitiria prolongar a faixa de tempo trabalhado no dia e facilitaria a divisão de tarefas.

Uma mãe de aluno havia estudado cuidadosamente o dossiê.

– O problema é que muitos de nossos alunos levam seus irmãozinhos ou irmãzinhas à escola primária da rua Débussy, e lá também começam às oito e quinze. Então eles serão obrigados a deixá-los um pouco antes, e os pais receiam que os pequenos fiquem entregues a eles mesmos, mesmo que seja por dois ou três minutos.

De sua bolsa *American Dream*, Sandra tirou uma outra lata de coca, que ela passou por baixo da mesa para abri-la discretamente. Isso fez pschhhiit, mas o diretor não prestou atenção, ocupado em expor a problemática.

– Cabe a nós nos preocuparmos com a maneira pela qual os pequenos vão para a escola? Eis a questão. E do ponto de vista geral, devemos aceitar o fato de que as famílias se desobrigam dessa responsabilidade transferindo-a para os filhos mais velhos? É complicado.

Resmungo geral do lado dos pais.

— Há famílias que não podem levar seus filhos porque trabalham muito mais cedo. Não é, talvez, nosso papel suprir a educação, mas seria um erro não fazê-lo, sabendo que é isso ou nada.

As duas jovens caíram subitamente na gargalhada, deixando primeiramente pensar que essa explosão pontuava a réplica precedente, o que não era o caso. Esperou-se o fim da explosão para prosseguir com os debates, que pareciam não levar a nada. Ora, essa situação se esticava, piorava, elas estavam agora dobradas sobre suas mesas e forçavam a sufocação, sempre se desculpando. Belas palavras ardorosas começaram a circular entre as mesas em U, para compensar a impossibilidade de proceder com rigor nesse contexto democrático. Agora, não havia mais nenhuma dúvida de que as duas fingiam para legitimar seu riso, pretendendo-o inextinguível. Ao cabo de três minutos, totalmente constrangidas, elas acabaram por precipitar-se em direção à saída, comprimindo o estômago, para não vomitar. Marie tentava atrair novamente a atenção para o compromisso que se esforçava por estabelecer.

— Será que não poderíamos pedir para a escola primária começar às oito e dez?

Fisionomias dubitativas dos pais de alunos.

— Nesse andar da carruagem, todo mundo vai acabar começando às cinco horas da manhã.

Brilho malicioso no rosto do diretor.

— O melhor seria começar às dezessete horas, assim estaríamos no próprio local.

Quando nos dispúnhamos a esticar os braços para alcançar os copos alinhados sobre uma mesa coberta com uma toalha de papel, as jovens reapareceram. Elas jogaram as latas vazias no cesto plástico e se posicionaram perto do bufê, ousadas e tímidas ao mesmo tempo, na mesma proporção. O diretor pegou uma das garrafas de champanhe que a escola oferecia e a apontou para o vaso que funcionou como urna e dominava no vazio do U das mesas.

— Quanto é que você aposta?

Nós o vimos impulsionar com o polegar a rolha que, jorrada com um barulho canônico, terminou sua curva no pé da cadeira que sustentava o vaso.

— Bem perto.

Alguns formularam cumprimentos explicitamente obsequiosos, deixando-se servir. Pequenos grupos se formaram ao acaso das passadas. Luc perguntava às duas jovens quem era o amiguinho de Hinda. Sandra pegou um punhado de amendoins e fez voz de terceira idade para parodiar a língua acadêmica.

— Isso, senhor, não podemos absolutamente revelar.

— A propósito, é Ramadã, vocês têm certeza de que têm direito de comer?

— Bem, sim, já anoiteceu.

Enquanto eu tentava de qualquer jeito entabular uma conversa com Luc, Sandra deu uma cotovelada em Soumaya, que lhe cochichou alguma coisa ao ouvido e elas deixaram o grupo para rir. Eu fingia indiferença, mas com o rabo de olho via que as duas me imitavam, pinçando seu lábio inferior entre o polegar e o indicador.

Eu formulava as questões destacando as palavras, ao mesmo tempo em que eles assinalavam as respostas.
— Por que "camundongos" no título? Por-que-os-"camundongos"-no-título?

Mezut não tinha lido o livro, copiava as questões com esmero, deixando espaço para as respostas que talvez caíssem no lugar como um bebê trazido pela cegonha. Eu havia imposto silêncio absoluto, e que não espichassem os olhos sobre a página do vizinho. A avaliação de leitura não admitia a menor discussão.

— Avaliação de leitura é sem palavra. Como para um ditado.

Tarek levantou a mão num reflexo pavloviano.
— Sim, Tarek, vamos fazer ditados. Faremos uns cinquenta. Mas agora é avaliação de leitura e é silêncio.

Todos se aplicavam ao trabalho, salvo Fangjie, que copiava de Ming ou lhe perguntava o significado das palavras do enunciado, entortando a boca de um lado. Ming entortava a boca no sentido inverso, dividido entre essa tarefa e a de me compreender.

— Questão nove, por que o cavalariço negro não dorme com os outros? Por-que-o-cavalariço-negro-não-dorme-com-os-outros?

Ming franziu as sobrancelhas como um cego concentrado em identificar um som. Eu reli interiormente o enunciado e compreendi que ele tropeçava em cavalariço. Sob pretexto da raridade da palavra, eu a escrevi no quadro. Bien-Aimé gritou, revoltado.

— O que está acontecendo? Por que há pouco eu perguntei uma palavra e o senhor não quis escrever e agora escreve?

Apanhado com a boca na botija.
— Porque se trata de uma palavra difícil.
— Eu, essa é boa, eu sei escrever. Tsss.
Olhei para minha folha.
— E você sabe o que significa, suponho?
Seus ombros fizeram evidentemente que sim.
— Explique.
— É aquele que trabalha na cavalariça.
Ming tinha compreendido e escrevia a resposta, ao mesmo tempo em que a soprava para Fangjie.

◻

Enquanto eu falava para uma classe silenciosa, desatenta, Gibran e Arthur se entregavam a uma análise comparativa de suas calculadoras, rebentando de riso de não sei o quê, Michael dizia sim com a cabeça pensando em outra coisa, que as paredes balançavam e acabariam por nos cair em cima, Sandra desatou a rir sem escrúpulos. Eu lhe fiz sinal para se acalmar, ela fez sinal de impotência, dobrando-se toda. Eu finquei minhas mãos em meus quadris.
— Você não vai recomeçar, como anteontem.
Ela se endireitou um pouco. Eu encadeei:
— Não é o momento de lhe dizer, mas francamente, tive vergonha de você. Isso não se faz, desatar a rir assim em pleno CA, todos ficaram incomodados de não poder fazê-la parar.
— Pois bem o quê? Nós saímos, não saímos?
— Ao fim de dez minutos, e dez minutos já era demais.
— Falando sério, isso não atrapalhou.

— Ah, sim, atrapalhou, as pessoas estavam mesmo muito incomodadas por não saber como dizer-lhes gentilmente que parassem.

As interessadas interrogaram-se com o olhar de um lado a outro da sala. Soumaya preparava-se para descarregar sua raiva. Eu desembuchei.

— Me desculpem, mas rir dessa maneira em público é o que eu chamo de atitude de vagabundas.

Elas explodiram em coro.

— Essa é boa, nós não somos vagabundas.

— Isso não é coisa que se diga, prô.

— Eu não disse que vocês são vagabundas, eu disse que naquela situação vocês tiveram atitude de vagabundas.

— Está bem. Não vale a pena nos tratarmos assim.

— Isso não se faz, professor, tratar-nos assim.

— Não se diz tratar, diz-se insultar.

— Não vale a pena nos insultar de vagabundas.

— Diz-se simplesmente insultar ou tratar de. Não uma mistura dos dois. Eu insultei vocês, ou eu as tratei de vagabundas, mas não os dois ao mesmo tempo.

— Por que o senhor nos insultou de vagabundas? Isso não se faz, prô.

— Já chega, bem, OK, de acordo, vamos parar por aqui.

◊

Line irrompeu sorridente. Ao único colega que estava lá, ela cumprimentou com intenção de conversar. Suas aulas da manhã correram bem e ela tinha vontade de contar.

Ela veio remexer em seu armário por nada, acabou por sentar-se não muito longe. O zelo de minhas tesouras triplicou.
— Que coisa! Como ele é aplicado.
Se tivesse dado uma resposta, ela não teria ouvido.
— Aceita uma laranja?
— Da Espanha?
— Eu quero meu sobrinho.
Ela tirou duas de sua sacola, escolheu a menor, que começou a descascar procurando uma brecha na minha defesa.
— Os da oitava B foram super bem-comportados esta manhã.
— Ah?
— Cheguei mesmo a ouvir um pouco de espanhol.
— Tudo é possível.
— Outro dia, o coordenador pedagógico veio por vinte minutos na nossa classe. Tentamos compreender o que não estava indo bem. Resultado: hoje mudei um pouco meu método. No fim perguntei a eles se assim estava melhor. Eles me disseram que sim. Então eu entendi: nada de muita explicação de textos. Agora só o que me falta é a presença de um inspetor.
Ela abriu seu armário, retirou algumas folhas que leu por alto de uma só vez.
— Oh, merda.
Eu usei a língua para colar o verso de um exercício de gramática. Ela ainda tentou o golpe.
— Que estupidez.
E ainda uma vez.
— Que grande estupidez.
Eu acabei cedendo.

– O que é grande estupidez?
Ela se sentou a meu lado.
– Eu lhes havia dado como redação a biografia de qualquer pessoa célebre e eis que vejo Calderón. Fiquei muito esperançosa, mas não, não era Calderón, era não sei que esportista de nome Calderón.
– Jogador de futebol.
– Na verdade, foi uma falsa esperança.
Ela fechou o escaninho.
– Que grande estupidez.

◘

O coordenador pedagógico Christian tentava como podia segurar a oitava C estacionada ao pé das escadas, esperando que a bomba de gás lacrimogêneo se dissipasse. Em meio à manobra, ele solicitou minha atenção. Ele sorria, minimizando desde já.
– Precisamos nos ver ao meio-dia, se você puder. Há meninas da primeira que estão se queixando de você.
O fato de ele falar com condescendência precipitou minha irritação.
– Que meninas? O que é que elas querem de mim?
– Oh, nada, você sabe o que é, supostamente que você as chamou de vagabundas.
– Quem disse isso? Sandra e Soumaya, não foi?
– Não sei mais exatamente. Há também da oitava A.
Seu tom era cada vez mais condescendente, eu fervia na mesma proporção.
– Como assim da oitava A? Essa história não tem nada a ver com as meninas da oitava A.

— Não sei, de qualquer maneira você sabe como é, elas dizem o que bem entendem.

— Mas, enfim, você não está nem aí de me dizer que eram as da oitava A? Isso é uma doideira.

Autorizada a avançar, a frente do grupo pôs-se ruidosamente em movimento. Christian voltou a comandar como caubói.

— Você me desculpe.

Agitando-se ao longo da multidão, Sandra o eletrizava. Eu quase a agarrei pelas plumas de sua roupa.

— Venha aqui um pouco.

Meu olhar devia estar autoritário, pois ela obedeceu sem reclamar.

— Acabo de saber que você foi se queixar de mim para o coordenador pedagógico, bravo, obrigado por tudo.

Ela gaguejou, como se fosse culpada.

— Pois bem, sim o quê?

— Você não poderia ter vindo reclamar diretamente comigo?

— É porque o senhor nos insultou de vagabundas.

— Primeiro, eu não as insultei de vagabundas, como você diz, e depois, o mínimo de consideração seria vir primeiro me ver para que a gente se entendesse.

— Nós, quando os prô se queixam, eles vão ver o coordenador pedagógico, não vejo por que a gente não possa fazer o mesmo, quando vocês não agem corretamente.

— Pois bem, não, seu raciocínio não é assim tão lógico. As coisas não caminham forçosamente nas duas direções, veja você.

Eu havia nitidamente aumentado o tom. Um grupo formou-se à nossa volta, onde se via Soumaya, que deixava Sandra sofrer sozinha meu tiroteio.

— É normal que a gente também faça isso quando não estamos contentes, senão seria muito fácil.

— E o que você esperava?

— O quê?

— Indo procurar o coordenador pedagógico você esperava o quê? Que ele me castigasse?

— Não. Não sei.

— Você esperava o quê?

— Nada, era somente para falar, mais nada.

— Você esperava que ele me castigasse?

— O senhor não devia se queixar, pois no início nós queríamos contar pros nossos pais.

— Mas vocês deviam ter feito isso, por que não o fizeram? Eu espero seus pais.

— Opa! Não diga isso, meu pai sabendo que o senhor me insultou de vagabunda, ele mata o senhor, eu lhe juro pela vida de meus futuros filhos.

Minha boca estava pastosa, por eu ter dormido pouco, era um verdadeiro bombardeio.

— Primeiramente, não se diz insultadas de vagabundas, diz-se insultadas ao dizer que vocês eram vagabundas, ou então se diz tratadas de vagabundas, mas não se diz "insultar de", comece por aprender o francês se quiser descarregar em mim; segundo, eu não tratei vocês de vagabundas, eu disse que vocês tinham se comportado como vagabundas, isso não tem nada a ver, você é capaz de compreender, sim ou não?

— De qualquer maneira, todo o colégio está sabendo.
— Sabendo de quê?
— Que o senhor nos insultou de vagabundas.
Eu falei em voz baixa, dentes cerrados.
— Eu não as tratei de vagabundas, eu disse que em dado momento vocês se comportaram como vagabundas, se você não compreende isso, a diferença, você está completamente por fora, coitada.
— O senhor sabe o que é uma vagabunda?
— Sim, eu sei o que é uma vagabunda, e então? A questão não procede, porque eu não as chamei de vagabundas.
— Para mim uma vagabunda, lamento, mas é uma prostituta.
— Mas não é absolutamente nada disso uma vagabunda.
— É o que, então?
Minha capacidade oratória estava um tanto bloqueada.
— Uma vagabunda é... é... é uma jovem pouco inteligente, que fica dando risada bobamente. E vocês, no CA, em dado momento, tiveram comportamento de vagabundas. Quando vocês soltavam gargalhadas, era como se fossem vagabundas.
— Para mim não é nada disso, para mim uma vagabunda é uma prostituta.
Ela contou com o testemunho do círculo de meninas que, aparvalhadas, me olhavam gastar saliva há cinco minutos.
— Meninas, vagabunda quer dizer prostituta ou o quê?
Todas concordaram. Eu girei no mesmo lugar para me precipitar na escada. Imediatamente meus olhos arderam.

◘

Souleymane tinha o capuz abaixado e debaixo dele um gorro. Sem dúvida ausente na aula precedente, Hossein cumprimentou-o batendo seu punho direito no seu esquerdo.

– Souleymane, tire tudo isso.

Dico demorava em abrir seu material. Ele me olhava pensando em alguma coisa, acabou por tentar o golpe.

– Prô, eu tenho uma pergunta, mas se eu a fizer, o senhor vai me mandar para Guantânamo.

– Ah?

Somente Djibril, seu vizinho, acompanhava a troca, letras de *Foot Power* arredondadas em semicírculo sobre seu torso.

– A pergunta é sacana, prô. Sobre o Alcorão, o senhor vai mandá-lo diretamente pra sala do diretor, depois.

– Eu já fiz isso alguma vez?

Autoridade futebolística.

– Não, mas a questão dele, prô, é muito sacana.

– Faça-a de uma vez.

– Não, prô, vai pegar mal pro senhor.

– Vamos falar o português claro.

– O senhor vai se irritar.

– Tenho cara de que vou me irritar?

– É claro.

– Já que você começou, termine.

Ele se mexia em sua carteira, sorria constrangido.

– Hum, o pessoal diz que... não, deixa pra lá, é assunto encerrado.

Eu tinha compreendido desde o início.
— Eles dizem o quê?
— Hum, eles dizem que o senhor gosta de homem.
— Eles dizem que eu sou homossexual?
— Sim, é isso.
— Pois bem, não.
— Aqueles que disseram isso juraram por suas vidas.
— Pois bem, isso vai ainda provocar mortes.
— É imaginação?
— Bem, sim, lamento. Se eu fosse homossexual eu lhe diria, mas não sou.
Frida chamava.
— Sim?
— Como se escreve exceção*?
Escrevendo no quadro, caprichando na letra, exceção me pareceu uma forma de expressão impossível.
— Por que você quer saber isso?
— Fazia parte do exercício.
Lydia tinha mais espinhas do que o habitual, Mohammed ria sozinho de não sei o quê. Eu tentaria me sair bem com o complemento objeto indireto.
— Antes de passarmos à correção, quem pode me dizer o que é um C.O.I.**?
Ninguém.
— Ninguém?
Khoumba sabia, mas não dizia nada.

---

* No original francês, estava a expressão *"Qu'est-ce que c'est?"* [o que é?]. (N. E.)
** *Complément d'objet indirect* [complemento de objeto indireto]. (N. E.)

— Dico, uma frase com C.O.I.?
— Eu não sei.
— Sim, você sabe.
— Não sei, nada mais.
— Pois bem, por exemplo, em "eu vendi meu carro a um homossexual", "a um homossexual" é C.O.I.
— Pfff.
Autoridade futebolística.
— Prô, já é muita gozação.
Indiferença de mestre.
— E como se faz quando se quer substituí-lo por um pronome? Alguém sabe?
Não.
— Ninguém?
Ninguém.
— Pois bem, assim mesmo.
Khoumba sabia, mas não diria nada.
— Quando se quer empregar um pronome em lugar do C.O.I., na maioria das vezes é "*y*" ou "*en*". "Sonhei com as minhas últimas férias", pode-se dizer "sonhei com elas". "Penso com frequência no meu trabalho" pode-se dizer "penso nele com frequência"*.
Hadia não levantou a mão para perguntar o que não era exatamente uma pergunta.

---

* Em geral, o pronome *y*, em francês, substitui um complemento de objeto indireto preposicionado por *à* e o pronome *en*, por *de*. Ao substituir o complemento da primeira frase por um pronome, *"J'ai rêvé de mes vacances"* ["Sonhei com as minhas férias"] torna-se *"J'en ai rêvé"* ["Sonhei com elas"]. Já na frase *"Je pense souvent à mon travail"* ["Penso com frequência no meu trabalho"], o complemento é substituído por *y*: *"J'y pense souvent"* ["Penso nele com frequência"]. (N. E.)

– Sim, mas como fazer para saber?

– Devolvo-lhe a questão.

Para ter "tempo de pensar nela".

– Eu não sei.

Eu me lembrava agora.

– É fácil, os complementos introduzidos por "*à*" resultam em "*y*", e os introduzidos por "*de*" resultam em "*en*". Há exceções, mas nesse caso é a intuição que conta.

Ela retomou no mesmo tom.

– E o que é *tuição*?

– Intuição é quando fazemos alguma coisa naturalmente. Há pessoas, sabe, para quem "*y*" ou "*en*" é natural. Bom, mas para aqueles que não têm intuição, existem assim mesmo as regras.

¤

Um aluno abriu a porta azul sem bater. Bastien engoliu de um só bocado seu biscoito para mandar-lhe bater à porta e esperar autorização para entrar. O aluno tornou a fechar a porta e obedeceu, ninguém tomou conhecimento.

Rachel usava seus sapatos vermelhos, de salto grosso, e tinha boa aparência. Pegando o adoçante, Sylvie indagou sobre sua ausência da véspera. A interessada sorriu e usou de reticências entre as palavras.

– Foi por motivo religioso. Era Kipour.

Sylvie sacudia em vão o adoçante sobre seu copo de chá. Não mais que os outros, Rachel não se preocupava em bater à porta.

– Meus filhos estão felizes. Além do mais, meu marido é de origem árabe, então eles vão fazer o Ramadã este ano.

Seu sorriso não a abandonava, leve embaraço tanto quanto prazer em falar disso. Perguntei-lhe se Kipour era uma festa palestina, que consistia em atacar Israel de surpresa todos os anos. Rachel não achou graça.

– É um jejum, nada mais.

Sylvie também não.

– Você jejuou?

– Sim.

– Isso não deve ser fácil.

– Não. Mas é, apesar de tudo, um dia de recolhimento.

Marie depurava o grande debate nacional.

– É preciso fazer alguma coisa pelos alunos da sexta A, é uma catástrofe.

Eu contei cinquenta e sete fichas de ocorrências e trinta e quatro de expulsão entre todos os professores.

– Seria necessário reunir-se por equipes.

– Sim.

Gilles tinha a tez cinzenta e olheiras que chegavam até os lóbulos das orelhas.

– Isso não mudará nada. Comigo, o problema são as oitavas, o que você quer que se faça?

– Você está com ar cansado.

– Sim, não sei.

Elise entrou, sorriso até as orelhas, fechando a porta com estrondo infatigável.

– Eles são incríveis, apesar de tudo.

O penteado.

– Eu caminhava pelo pátio, Idrissa aproximou-se e disse-me oi, senhora, a senhora está muito bonita. Eu lhe disse, bem, o que foi, o que é que lhe deu, Idrissa? Não se fala assim com sua professora. Ela me disse, sim, mas hoje a senhora está muito bonita, com seu novo penteado, maquiada e tudo. Gilles não contava com o penteado.

— De qualquer maneira, não sei, você tem as quintas, um ano depois nas sextas, um ano depois nas sétimas, e um ano depois nas oitavas. São os mesmos, eles não mudam.

Marie desistiu do debate. A cabeça de um aluno reapareceu no vão da porta, Bastien vigiava.

— O que foi que lhe disse? Disse para você esperar.

— Não, o senhor me disse que é preciso bater e depois esperar o senhor dizer para entrar.

— E então, eu falei para você entrar?

— Mas foi a prô de Ciências, ela falou que era para eu vir.

A professora de Ciências era Chantal, com um *piercing* no lábio inferior.

— É verdade, eu tinha pedido para ele vir. Eu queria que você levasse sua caderneta para assinar, Baidi.

— Meus pais não estão em casa.

— Como assim?

— Eles estão na roça.

— E você não tem irmãos, irmãs?

— *Wesh*, tem meus irmãos mais velhos.

— Primeiro, não se diz *wesh*, e depois você pedirá a um de seus irmãos mais velhos para assinar.

— Eles não estão em casa.

— Não estão?

— Não, eles estão na roça.
— Bem, escute, você se vira, eu quero essa caderneta assinada segunda-feira.

Ela fechou a porta na cara de Baidi, depois se voltou balançando a cabeça.

— Eu mereço!

◘

Jennyfer choramingava pelo seu cinco, consolada por Habiba que tinha tirado quatro. Hakim deixava seu trabalho, com nota dezessete, passar de carteira em carteira até chegar a Lydia, unhas pintadas com uma só camada de esmalte preto, que não havia tirado sua roupa de ski.

— O outro faz gênero graças a ela, que é sua irmã mais velha, ela faz tudo.

— Cala a boca, você.

Ele interrompeu para desligar o celular que tocava pendurado em seu pescoço.

— Eu confisco, Hakim?
— Não, não precisa.

Eu pedi que eles abrissem sua agenda na terça-feira seguinte, depois comecei a ditar o trabalho a fazer. Aissatou e Faiza trocaram um olhar combinado e não anotavam.

— O que é que há, meninas?
— Amanhã nós não viremos.
— Como vocês não virão?
— É o Eid*.

---

* *Eid ul-Adha* é um festival que marca o fim da peregrinação a Meca. Ocorre no décimo dia do último mês do calendário islâmico. (N. E.)

Soumaya levantou a cabeça no fundo da sala.
— Não é certo que seja amanhã.
Dez começaram a discutir o assunto, eu tentei administrar o conflito de hipóteses divergentes.
— Quais são as chances de que seja amanhã?
— 90%.
— 99%.
— Não dá para saber.
— Sim, é amanhã.
— Basta ver a lua, nada mais.
Ao cabo de dois minutos cacofônicos, eu interrompi.
— Quem não virá se for amanhã?
Só cinco não levantaram a mão.
— OK, abram sua agenda na quinta-feira.

◻

Ao lado de meu pai, uniformizado, esse detalhe, no final das contas, bastante comum, conferia, no entanto, à foto, sua singularidade. Eu lhes dei dez minutos para destacar os complementos na frase. Passados dez segundos, Fayad levantou a mão.
— O que quer dizer conferia?
— Conferia é como dava. Isso quer dizer dava à foto sua singularidade.
Todos os outros riscaram o que tinham começado a fazer. Salimata levantou a mão, três pulseiras em cada braço, quatro colares no pescoço.
— O que quer dizer singularidade?
— Quer dizer originalidade. Você sabe o que é originalidade?

— Sim, isso quer dizer que é belo.
— Não, isso quer dizer que é particular. Nesse caso, quer dizer que o detalhe dava um aspecto particular à foto.
Quando Alyssa procura, seu lápis sofre, o mundo fica mais bonito.
— O que quer dizer mesmo quando se vai "num particular"*?
— Ora, ora, isso é outra coisa. Isso só vai nos confundir. Mezut não precisava disso para se perder.
— Prô, onde é que a frase começa?
— Bem, realmente, Mezut, a frase é tudo o que eu escrevi no quadro. Começa pela maiúscula e termina com o ponto final. Realmente!
Houve um minuto de puro silêncio, rompido por um espirro e por Cynthia.
— Prô, não compreendo por que há suma no meio da frase.
— Suma, você tem certeza?
Eu me inclinei sobre minha folha.
— Ah, sim, claro, em suma. Na verdade, suma acompanha em, fazendo em suma, como se fosse uma só palavra. Em suma quer dizer... em suma significa no final das contas. Esse detalhe no final das contas original, não, realmente não é bem isso, digamos, é mais ou menos isso, em suma. É mais ou menos no final das contas.
Eles voltaram ao trabalho, mais satisfeitos do que eu.
— Vocês podem deixar de lado em suma, na frase não serve para nada, podemos perfeitamente eliminá-la.

---

* Em francês, "chez un particulier" significa "em casa particular", por oposição a um lugar público. (N. E.)

Alyssa tirou o lápis da boca.
— Por que eles puseram se não serve para nada?
— Primeiro, não é eles no plural, é ele no singular. O rapaz que escreveu isso é um só.
— Se o rapaz usou em suma, nós não podemos tirar, se não isso quer dizer que não serve para nada.
— Não, não realmente, mas para os complementos isso não serve para nada.
— Então, não tiramos.
— É isso. Nós mantemos a expressão, mas não a levamos em conta.
— A gente é obrigada a levar em conta.
— Bem, então você leva em conta por um bom tempo e depois termina o exercício porque agora já não há mais tempo.

◻

Sentada sob o quadro dos dois camponeses, Rachel achava que isso não tinha cabimento.
— Que eles festejem o Eid, OK, mas que eles aproveitem para enforcar dois dias, isso não se faz. A gente se encontra diante de classes com seis, isso rima com o quê?

Mordiscando seu biscoito, Bastien escutava, sonolento, e a bem da verdade estava pouco ligando. Aproximando-se do canto da sala, o coordenador pedagógico Christian distribuiu aos que se encontravam lá uma folha datilografada. Caríssimos colegas, tomo a liberdade de pedir que venham em auxílio de Salimata, aluna da sétima A, que acaba de perder seu pai que se encontrava em férias em seu país, nas Comores, e preparava-se para voltar à França. Seu pai foi enterrado lá, não tendo sido possível nem a Salimata nem à sua família assistir ao funeral. O preço da passagem de avião é da ordem de mil e duzentos euros. É muito provável que por essa razão Salimata não possa ir logo para junto dos seus. Pois bem, é uma das condições essenciais para começar a cerimônia de luto. Por essa razão estou pedindo a vocês uma ajuda financeira à aluna e à sua família, depositando o dinheiro num envelope reservado para esse fim, na secretaria. Salimata é uma aluna mais do que aplicada e merece toda a nossa simpatia e compaixão.

Rachel não tinha ainda esvaziado o saco.

– O Eid dura um dia, ponto. Não se deve abusar.

Élise aproveitou para recuperar rapidamente a ocasião perdida.

– Você me diria que ter seis alunos na sexta A é bom para mim.

A réplica a Julien.

– Quanto a mim, estou aborrecido, não tinha aula com eles nem ontem nem hoje. Tocou o sinal?

Ele sabia muito bem que sim, bastava olhar para Bastien que acabara de se levantar, precipitando no vazio as migalhas de biscoito grudadas no seu pulôver.

◻

Eu já havia repetido duas vezes. Ela não tomava conhecimento.

– Ndeyé, comece a trabalhar.

– Eu não estava falando.

— Também não está copiando a definição do quadro.
— Já fiz, já copiei tudo, está certo.
— Você quer que eu vá ver?
— Se o senhor quiser.

Esta última réplica foi em tom de desafio. Dei dois passos em direção ao fundo.

— Você quer realmente que eu vá ver?
— Bem, sim, é ótimo.

Mesmo tom, *Indianápolis 53* arqueando em seu peito. Avancei mais um pouco, o suficiente para perceber as linhas inscritas de seu caderno. Dei meia-volta.

— O que eu quero é que você se cale.
— Mas eu não estava falando, ora!
— Cale-se, estou mandando.

Eu apaguei o quadro para disfarçar.

— Tsss.
— E o barulho com a boca, também não quero mais.

Ela *tipou* novamente.

— Bem, vá para o corredor, saia da sala e venha me ver no fim da aula, terei uma surpresa para você.

Ela saiu tsss. Alyssa estava pensando em outra coisa, os olhos na forma de ponto de interrogação.

— Prô, quando é que se usa ponto e vírgula?
— É bastante complicado. É ao mesmo tempo mais que uma vírgula e menos que os dois-pontos. É bastante complicado.
— Bem, sim, mas então serve para quê?
— É melhor não complicar muito a vida com isso.
— Por que o senhor usou um, no quadro?

O <u>modo</u> condicional serve para exprimir alguma coisa de <u>hipotético</u>; o <u>tempo</u> condicional é um <u>futuro no passado</u>.
— Sim, mas, bem, é complicado.

Fayad não pensava nem no ponto e vírgula, nem no condicional, nem no granizo lá fora, nem no sinal que fez a turma bater asas e reaparecer Ndeyé que, após uma passagem por sua carteira, se aproximou para estender-me sua agenda *Happiness in Massachusetts*, onde escrevi redigir desculpas em vinte linhas.

— Por que eu me desculparia?
— Porque você faz guerra com dois francos.
— Eu não faço guerra, por que o senhor diz isso?
— Eu sei por quê.
— Além do mais, não se diz franco, diz-se euro.
— De onde esse interesse? Você jamais terá dinheiro.

Hadia tinha escutado, colocando sua mochila nas costas.

— Sempre caçoando, prô.
— Alguém te perguntou alguma coisa?
— Não.
— Bom.
— Mas muitos pensam que o senhor caçoa demais.
— E você? O que você pensa?
— Eu pessoalmente?
— Você pessoalmente.
— Eu penso que o senhor é muito caçoísta.
— Sim, mas você não gosta de mim.
— Ah, isso é verdade, eu não gosto muito do senhor.
— Pois bem, eu também não gosto muito de você.

◘

— Lamento, mas as sétimas são uma casca de ferida.
As palavras de Gilles chegaram bem perto dos ouvidos de Bastien, que procurava uma tomada para ligar a copiadora.
— Os da sexta A são ainda pior. Seria necessário fazer uma reunião com toda a equipe.
— Ainda mais nesse período, os das oitavas são duas vezes mais agitados.
Bastien renunciara a tirar cópias.
— Lamento, mas os da sexta A, já era tempo que o Ramadã terminasse.

Sobre o quadro de informação em cortiça, alguém tinha pregado a fotocópia de um documento intitulado A Reforma dos Boletins Escolares, que consistia em uma simulação caricata. A coluna da esquerda sobrepunha as matérias, a do meio propunha uma avaliação dita "preliminar" e a última de agora. Francês, preliminar: nível catastrófico em ortografia; agora: Jean demonstra grande criatividade e estilo próprio. Matemática preliminar: falta de rigor na escrita, oral, inexistente; agora: senso artístico muito desenvolvido, aluno discreto que sabe recuar. Biologia, antes: aluno instável e distraído. Jean é incapaz de concentrar-se nas aulas; agora: o professor sente não ter podido/sabido captar a atenção de Jean em classe. Artes plásticas, antes: esquecimento de material com muita frequência; agora: Jean recusa-se a ser vítima da sociedade de consumo.

Line voltava do lavabo segurando uma xícara pela asa. Ela largou o corpo numa das poltronas. Ela escolheu Géraldine, cuja máquina de café recusava as moedas de cinquenta.

— Os da oitava A mais uma vez me esgotaram.
— Eu não acredito!
— Foi Djibril, ele me disse, sim, os espanhóis são racistas. Eu lhe disse, escute, Djibril, racistas há em toda parte, mas na Espanha, não mais do que em qualquer outro lugar. A esse respeito começaram todos a gritar que sim, é verdade, os espanhóis são racistas. Verdadeiros selvagens, pode crer.
Géraldine contentava-se com uma moeda de vinte, que a máquina também não aceitava. Line soprava seu chá, envolvendo a xícara entre suas mãos.
— Eu lhes disse, escutem, vocês devem compreender que me toca isso que vocês dizem, pois é um país que eu amo muito, a Espanha. Como uma idiota, eu não podia me impedir de responder, percebe.
Dez centavos, não mais.
— Eu não acredito!
— Na verdade, eles são tão racistas quanto os outros. Eles têm uma espécie de racismo antibranco, é uma loucura.
— Você não teria moedas de cinco?
— Sim, sim.
Ela se endireitou para vasculhar no bolso do jeans.
— O colonialismo, OK, mas isso já foi prescrito.
Géraldine tentava ganhar a máquina com gestos suaves.
— Eu tenho uma amiga judia, sabe, bem, os alemães, agora tudo bem, não é mais uma obsessão.
— É isso, exatamente.
Géraldine devolveu-lhe as moedas ineficazes.

Senhor, eu me desculpo por ter agido assim, eu me descontrolo com muita facilidade e tento acalmar esse ímpeto. Eu aprendi que era mau agir como eu tinha acabado de fazer e é por isso que não o farei mais. Queira aceitar minhas sinceras desculpas. Ndeyé.

◘

Antes de sair, Sandra descarregou alguns volts no escritório.

– Prô, trata-se de narrativa a república?
– Você quer dizer *A República*, o livro?
– Sim.
– Como você conhece esse livro?
– Estou começando a ler.
– Não?!
– Bem, sim, por quê?
– Quem te aconselhou?
– Minha irmã mais velha.
– Ela estuda filosofia, sua irmã mais velha?
– Ela é bióloga.
– Muito bom.
– E, então, é uma narrativa *A República*?
– Bem, não, de fato se trata antes de argumentação.
– Ah?
– Você sabe quem é Sócrates, aquele tipo que fala o tempo todo?
– Sim sim sim, é ele que fala o tempo todo, é muito engraçado.

— Bem, de fato ele é um personagem inventado, enfim, não se sabe muito sobre isso, pode-se dizer que é como um personagem.
— Ele existiu de alguma forma?
— Bem, sim, mas não, enfim, não é o mais importante. O objetivo é sobretudo que ele fale de muitas coisas com as pessoas que ele encontra.
— Sim, sim, ele não para, é muito bom.
— De fato, Sócrates é um tipo que chega à ágora, ágora é uma espécie de praça onde todos se reúnem, e lá ele ouve as pessoas e depois ele lhes diz "Ei, você, o que é que você acabou de dizer? Você tem certeza de que é verdade o que acabou de dizer?" Coisas do gênero.
— Sim, sim, é assim que ele faz, eu adoro.
— E, bem, é assim, eles discutem, é mais ou menos isso a argumentação.
— Certo.
— Mas é legal demais que você leia esse livro, diga-me. Você entende o que você lê?
— Sim, sim, tudo bem, obrigada, prô, até logo.
— É estranho, porque esse livro não foi feito para as vagabundas.
Ela sorriu, virando-se.
— Bem, sim, é a prova.

◘

Abrindo seu estojo de metal para tirar as canetas de que não se serviria, Dico sussurrava uma paródia de chinês dirigida a Jiajia, já sentada. Sons superagudos, com muitos "is". Ela não conseguia mostrar-se indiferente, reprimindo sua consternação e impotência. Talentosa para falar, teria contra-atacado. Enquanto os alunos iam se sentando, debrucei-me sobre ele.

— Eu achava que pessoas como você, em sua posição, não deveriam estimular o racismo.

— Eu não sou racista, eu, isso não.

Eu me aproximei ainda mais. Nossos olhos se tocavam.

— Eu não disse que você é racista, tente compreender antes de esbravejar, eu disse que pessoas como você, em sua posição, não deveriam estimular o racismo.

Ele ainda gaguejou uma objeção enquanto eu me reposicionava, pedindo que pegassem uma folha e a correção da redação. Fiz uma coluna com as expressões familiares, que eles não deveriam anotar, e ao lado uma outra coluna com a devida correspondência. À esquerda, xingar, à direita ofender, ou repreender, ou injuriar*. À esquerda, passada, à direita inquieta, ou preocupada**. À esquerda, Mac, à direita McDonald's, ou fast-food. À esquerda, superbonita, à direita muito bonita, ou maravilhosa, ou magnifíca, ou esplêndida***.

---

* Em francês *engueuler* é a forma mais coloquial das três palavras seguintes (*gronder, réprimander* e *tancer*); todas significam "injuriar, repreender fortemente". (N. E.)

** No original francês é dado *galère* que significa, em sentido figurado, "prova, situação difícil" e corresponde ao uso mais literal de *souci* e *désœuvrement*. (N. E.)

*** *Super belle* [superbonita] é a mais coloquial dentre as expressões que vêm em seguida, as quais apresentam em francês a mesma variação de intensidade do português: *très belle* [muito bonita], *éblouissante* [maravilhosa], *magnifique* [magnífica] e *superbe* [soberba, esplêndida]. (N. E.)

— Vocês devem evitar também bela demais. Se quiserem dizer muito bonita, digam assim. Mas não bela demais. Demais não quer dizer muito, quer dizer demais. É pejorativo, entendem? Quando digo comi demais, quer dizer que eu comi além da conta, que se isso acontecer, vou passar mal. E se eu digo que comi bem demais, isso não quer dizer que estou contente, quer dizer que, não sei, quer dizer que é uma vergonha comer tanto, visto que, por exemplo, há pessoas no mundo que não têm o que comer. OK?

— O que quer dizer pejorativo?

Frida não tinha levantado a mão. Eu não deveria responder, senão estaria ratificando uma distorção das regras da vida coletiva.

— Pejorativo quer dizer negativo. Um julgamento pejorativo é quando se critica alguém. Por exemplo, se eu digo que Dico é um idiota por não fazer a correção da redação, é pejorativo.

Com efeito, ele não havia pegado as folhas, contentando-se em soprar pffffts intermitentes.

Passada a hora, ele era o último a guardar suas coisas, talvez deliberadamente.

— Prô, por que o senhor disse que eu sou racista, eu não sou racista, ora essa!

— É o que, então, quando você imita o sotaque chinês? É o que então se não for racismo?

— Eu não sou racista, não.

— É o que, então?

— É para brincar.

— Realmente, é para brincar? Você acredita que Jiajia ache isso engraçado?

— Bem, sim, ela acha engraçado.

Ele saiu como ejetado de sua cadeira, frustrando-me um sermão que eu teria tornado implacável e dilacerante.

☐

Kantara era o seguinte na lista. As opiniões começaram a circular ao longo do U.

— Um trimestre para nada.
— Ele não fez nada, mas nada de nada.
— É sobretudo seu comportamento.
— É insustentável.
— É falação em cima de falação.

O olhar do diretor deslizava sobre o U, ao sabor de cada intervenção.

— Então, o que vamos fazer? Fazemos uma advertência?

A aprovação do conselho percorreu o U, o diretor preparou sua caneta.

— Advertência trabalho ou conduta?

O U novamente se dividiu.

— Trabalho é o mínimo.
— Sim, trabalho.
— E conduta, apesar de tudo.
— Sim, conduta é o mínimo.
— Trabalho e conduta, com efeito.

A caneta do diretor no ar, acima da caderneta escolar.

— Advertência trabalho e advertência conduta?

A aprovação do conselho percorreu o U, a caneta abateu-se sobre a caderneta escolar.

— Advertência trabalho e de conduta, está anotado. Passemos a Salimata.

— Em esporte, é uma verdadeira gazela.
— Em matemática, é antes uma gralha.

O diretor voltou-se para os que ainda não tinham feito seu diagnóstico.

— Então? Gralha ou gazela?

Sobre sua camiseta, Léopold tinha apenas um unicórnio, ventas inflamadas por seu fel demoníaco.

— Quanto a mim, é antes de mais nada sua agressividade. Deve ser herança de sua mãe. Eu a recebi, é a mesma coisa.

Uma borrasca fustigou a vidraça que dá para o pátio sem que Géraldine se perturbasse.

— Creio que seu pai faleceu neste trimestre.

Como coordenador pedagógico, Serge tinha mais informações sobre o caso.

— Como coordenador pedagógico, posso talvez dizer um pouco mais. Seu pai realmente faleceu há um mês, mas já fazia três anos que ele havia deixado seu lar.

Caretas céticas de Jacqueline, Léopold e Line.

— Sim, bem, mas isso não muda muita coisa.

— Eu não a vi traumatizada, muito pelo contrário.

— De qualquer maneira, seus resultados foram ruins desde setembro.

A representante dos pais de alunos tomou a palavra pela primeira vez.

— Parece-me que seus resultados pioraram há três anos, justamente.

Caretas céticas de Line, Jacqueline e Léopold.

— Sim, enfim, bem.

— Como por acaso.
— Um tanto condescendente também.
Examinando a caderneta escolar, o diretor se perguntava.

Claude e Chantal tentavam chamar à razão dois engalfinhados sobre o cimento do pátio interno. Sob efeito hipnótico depois de quatro horas de aula, eu não hesitei. Debruçando-me para separá-los, puxei um pelo capuz e empurrei o outro que se agarrava ao primeiro. Ele caiu sentado e bateu a cabeça. Eu pensei merda.
— Que história é essa de lutar assim?
Ele se levantou.
— Por que você me empurrou?
— Como? O que é que eu estou ouvindo aí?
— Desde quando você pode me empurrar?
O outro pugilista se mandou, escapando de Claude e Chantal, que olhavam para mim.
— Não se trata os professores por você!
— É só você não me empurrar.
— Não se trata os professores por você, eu disse.
Ele tentava escapar, eu o retinha pela manga. Eu estava pondo fogo pelas ventas.
— Peça desculpas!
Dobrando-se, conseguiu escapar, eu o segui por três metros, agarrando-o novamente. Cinco ou seis vezes assim.
— Peça desculpas!
— É só você não me empurrar.

— Não se trata os professores por você.
Eu falava comprimindo os dentes.
— Peça desculpas.
Uma dezena de alunos nos rodeava, e entre eles Claude e Géraldine, que estavam pasmas.
— Você quer que a gente vá chamar alguém?
— Não, não, está bem, deixem-me. Peça desculpas, você.
Mais uma vez ele havia escapado, eu o alcancei com três passadas e agarrei sua mochila com a mão livre.
— Peça desculpas.
— Por que o senhor está cuspindo em cima de mim?
— Eu cuspo onde eu quiser. Peça desculpas.
— Por que você me empurrou?
— Pare de me tratar por você.
Eu vociferava entre dentes, o pátio de vegetação esparsa que precede a cantina nos circundava.
— Qual é o seu nome?
Eu agora o sacudia, para que uma palavra caísse de sua boca, não importa qual, que me salvasse. O diretor apareceu acima de meus ombros.
— Então, Vagbéma, o que você ainda está aprontando?
— Faz cinco minutos que ele me trata por você.
— O que que é isso, Vagbéma, tratar um professor por você? O que isso quer dizer?
— Eu o deixarei se ele pedir desculpas.
— Apresente suas desculpas, Vagbéma. Apresente suas desculpas imediatamente.
— Desculpe-me.

Sem uma palavra, larguei a presa, depois afundei pela porta da sala a dez metros. Às minhas costas, o diretor continuava o sermão para limpar a minha barra.

– Você pede desculpas a quem? Ele tem nome, o professor, você sabe.

– Eu não sei quem é ele.

◻

Eles se aborreciam ou suavam em cima de uma redação. Precursoras da tempestade, pequenas rajadas horizontais começaram a sujar as vidraças. Uma, duas, dez, trinta, eu não tinha reparado que só havia três árvores no pátio, se me tivessem perguntado, eu teria dito quatro ou cinco, a memória visual é qualquer coisa, é como quando imaginamos um templo grego, pois bem, não podemos contar as colunas, a não ser que estejamos diante dele, mas em imaginação é impossível, é de enlouquecer, como um gato diante de sua imagem refletida, ou que corre atrás de seu rabo, para que serve o rabo de um animal? Certamente tem alguma utilidade, pois tudo na natureza tem serventia, se bem que não se tenha certeza quanto às listras das zebras, parece que servem para seduzir o sexo oposto, mas por que não bolas? E por que não listras em vez de bolas na pelagem dos

– Prô, como é que se escreve igualdade?

Sem dúvida foi Khoumba quem fez a pergunta, mas ela se escondia atrás de Dianka. Eu escrevi no quadro, em maiúsculas, para que ficasse mais nítido. Djibril, *Foot Power*, levantou-se antes dos outros. Surdo ao meu conselho de reler, depôs sua folha sobre minha mesa.

Assunto: com base no modelo de texto estudado em classe, escolher um interlocutor fictício, sobre o tema "nós não somos do mesmo mundo".

Um dia, tomando o metrô para ir para minha escola e saindo do metrô esbarrei num garoto, era francês e foi culpa dele, então eu lhe disse para se desculpar. Ele me respondeu "nós não somos iguais". De minha parte respondi "Em que você é tão diferente de mim?". Ele me respondeu "Eu vou te dizer, enquanto você está em casa, prestes a dormir, eu estou prestes a me divertir, enquanto você vai para a escola, eu estou prestes a jogar videogame, eis a diferença".

◘

Para o professor do pátio.
Senhor, sinto muito não tê-lo escutado quando briguei com meu irmão Désiré e por ter tratado o senhor de você. Isso não acontecerá mais. Peço-lhe que aceite minhas desculpas. Eu agi muito mal em relação ao senhor. Vagbéma, sexta A.

A meia folha de quadriculados pequenos cheirava a laranja. Pensei que atualmente fizessem folhas perfumadas, mas retirando um manual do armário, ele também cheirava. Estendi o braço até o fundo e tateei para encontrar a fruta. Logo ela estava ali, ao alcance de minha mão, mole e embolorada.

◘

No presente do indicativo, antes de *t*, o *i* dos verbos em *aître* e *oître* recebe acento circunflexo. Depois de escrever, eu sacudi a poeira de minhas pernas sujas de giz, com minhas mãos sujas de giz.

— Quando você tiver terminado de copiar, Abderhammane, venha conjugar o verbo *croître**.

Ele se levantou, fixou sua pochete bem no centro da cintura, sob seu blusão New York Jets, passou por cima do pé de Fayad, estendido para dar uma rasteira à sua passagem, ultrapassou Alyssa, cujo rosto é uma interrogação, pegou um dos pedaços de giz colocados na beira de metal. Hesitou na primeira pessoa. Na segunda. Na terceira. Acabou por escrever qualquer coisa que apagou.

— Eu não sei, prô.

— Mas, sim, você sabe. Comece por verificar as terminações.

Alyssa franziu a testa, ele substituiu o *t* por um *s* no final de *"je crois"*.

— Bem, você pode ver, agora está certo, e você não se esqueceu do acento circunflexo na terceira pessoa. Continue.

Ele escreveu *nous croîtons, vous croîtez, ils croîtent*, Alyssa franzia a testa.

— Você pode voltar para o seu lugar, obrigado. Ao menos, pode-se dizer que é lógico, pois toda vez que há um *t* depois de *i*, ele recebe acento circunflexo. Então, a esse respeito tudo bem, Abderhammane, você seguiu a regra. O único problema é que não se diz *nous croîtons*. Como é que se diz?

Eu perguntava em geral, ninguém se manifestava.

— Que palavra podemos construir a partir de *croître*? Um termo de economia.

---

* "Crescer", em francês. (N. E.)

Com suas bocas eles faziam crrr, procurando uma vogal que combinasse.
— Fala-se muito dela atualmente.
— Natal?
— Não, um termo de economia.
— Dinheiro?
— Estamos procurando uma palavra construída a partir de *croître*.
— Negócios?
— A partir de *croître*, eu disse.
— Fazer compras?
— Não, Mezut.

Os crrr tinham parado, as energias perdiam a força. Alyssa levantou a mão sem deixar de morder sua caneta, e a pergunta suspensa em sua fronte voou até mim.
— Professor, o que quer dizer *croître*?
— É o mesmo que *grandir*.
— Por que nunca é empregado?
— Isso depende de quem.
— O senhor emprega, o senhor?
— O tempo todo.

◻

Entre mim e os potenciais pais visitantes, eu havia acrescentado a dimensão de uma mesa, além da minha escrivaninha. Razão pela qual tive de me levantar um pouco para desfiar as notas da caderneta escolar de Amar para seu pai e sua mãe. Como eles não me acompanhassem, pensei por um segundo que eles não sabiam ler, ainda que tivesse a lembrança de que sim. Na dúvida, preferi continuar sem recorrer à caderneta.

— Amar é gentil, não há dúvida nenhuma, mas as conversas, não sabemos mais o que fazer.

Com ar desolado, assentiram. Ela usava véu, ele não.

— Na qualidade de professor coordenador, acredito que isso passará por si, não podemos nada contra, será por si mesmo que isso passará.

Eles balançavam a cabeça nos dois sentidos, eu preenchia meu tempo.

— Por essa razão não é preciso preocupar-se muito, creio que isso passará sozinho. Não é necessário repreendê-lo por isso. Ele é gentil. Isso passará. Sozinho.

Eles se levantaram ao mesmo tempo. Tendo apertado minha mão, ela levou a sua furtivamente ao coração.

— Boas férias, obrigado por nos receber. Passe bem.

Sem esperar que eu a chamasse, uma mulher branca tinha ocupado uma das duas cadeiras.

— É para falar de Diego.

— Pois bem, acho que ele tem grandes problemas por tagarelice.

— De fato, ele teve problemas com seu pai, o senhor está a par?

— Não, mas o caso é que a equipe pedagógica é unânime a respeito da tagarelice.

— De fato, seu pai está tentando reaver uma parte de nosso patrimônio, outro dia mesmo nos enviou um oficial de justiça, o senhor percebe o estilo. Forçosamente isso o perturba.

— Antes de ser perturbado, ele é sobretudo perturbador.
— De fato, no ano passado houve a morte de seu avô, isso o deixou bastante abalado e desde então ele tem dificuldade de se concentrar.
— Sim, isso nós pudemos observar. E creio que
— de fato isso representa duas referências masculinas a menos de uma só vez, e forçosamente ele tende a superinvestir em vocês, porque, apesar de tudo, vocês são uma referência adulta.
— Ah?
— De fato, nesse tipo de esquema, é preciso selar um pacto de filiação e de aprendizagem, e como vocês não o fizeram, ele inevitavelmente desenvolve uma conduta negativa.
— Quer dizer, ele desenvolve, primeiro, uma conduta de aborrecer todo mundo.
— Na verdade ele está procurando. Ele sofre por falta de laços e está procurando criá-los.
— Sim, compreendo.
Eu me levantei, fazendo sinal para que o seguinte se aproximasse. A mãe branca demorou a perceber que estava sendo dispensada.
— Eles são crianças, antes de ser alunos, é preciso que os senhores saibam.
— Sim, sim, até logo, senhora. Bom-dia, senhor. Sente-se, por favor. O senhor é?
Ultrapassando a barreira do sotaque, consegui identificar o patronímico Fangjie.

— Ah, certo, Fangjie. Bem, Fangjie, o francês de seu filho ainda não é francês.

O de seu pai tampouco, que me olhava sorrindo e sem compreender. Mãos e trejeitos vieram em socorro de minhas palavras.

— Francês nada de especial. Progresso, rápido. Se não, difícil.

Ele sorriu, pegou sem olhar a caderneta escolar que lhe estendi, sorriu novamente.

— Até logo, senhor, obrigado por ter vindo.

Sorriu ainda ao cruzar com a mãe de Teddy, que espontaneamente se apresentou como tal.

— Bem, eu sei que Teddy não se comporta como deveria, mas, o senhor sabe, é muito difícil porque sua irmã mais velha morreu, e é isso, é muito difícil, ela cuidava bem dele e agora não cuida mais, então é isso, os exercícios de matemática ela os fazia com ele, quando ela tinha tempo, é bom que se diga, porque ela trabalhava no mercado, porque seu marido trabalhava lá, e quando ele se foi, bem, ela não trabalhou mais, até encontrar um trabalho como faxineira num hotel, como eu não posso mais trabalhar, por causa do meu coração, ela era obrigada, ela pegava tudo que aparecia, mesmo se fosse longe, no início ela ia de ônibus, mas por isso ela voltava muito tarde, então ela pediu emprestado a mobilete de seu primo, foi assim que ela sofreu o acidente, Teddy me disse que queria comprar para ela um colar de pérolas, eu lhe disse agora é muito tarde meu pobre menino.

Uma caixa de chocolates de uma só camada ocupava o centro da mesa oval, metade das divisórias vazia, metade cheia. Os dedos hesitantes de Claude, Danièle, Bastien e Léopold examinavam por alto, depois se abatiam sobre o doce escolhido.

– Os cães, eu não, obrigado.
– O gato, eis aí um animal aceitável.

Léopold aquiesceu.

– Eu tinha um, antes.
– Eu sempre tenho um.
– Você tem sorte.
– De manhã, adoro quando ele vem te acordar ronronando.
– O meu é igual.
– Por outro lado, depois é terrível na hora de sair e ele ali ronronando nos teus pés, você tem ainda menos vontade de ir trabalhar.

Léopold aquiesceu. Gilles não.

– Os gatos, é só hipocrisia, eles ronronam, e uma vez alimentados você não os vê mais por três dias.
– Você não parece bem.
– É Natal, isso me deprime.

Léopold e Line aquiesceram.

– Nem me fale.

Marie estava com a cabeça enfiada no tampo da xerox.

– Seria muito bom se papai Noel nos trouxesse uma copiadora frente e verso. Alguém sabe como isso funciona?

Claude foi o primeiro a reagir ao sinal.

– Boas festas, se eu não os vir mais.

Danièle levantou-se pesadamente.
— Vamos, mais que três horas.
Bastien saiu atrás dela.
— Mais que duas para mim.
Léopold saiu atrás dele.
— Para mim, mais que uma.
A sala estava quase vazia. Passos precipitados precederam Danièle, que desapareceu em direção à caixa de giz colorido que ela havia esquecido.
— Bem, você ainda está aqui?
— Sim.
— Você dorme aqui, nas férias?

Vinte e seis

Eu parei na cervejaria. Uma sexagenária desdentada jogava suas cinzas junto ao balcão de cobre. Ela perguntou ao garçom uniformizado o novo preço do Marlboro.
– Cinco euros.
– Puta merda!
– Tem que ser.
– Estamos no cu do inverno.
Lá fora, as costas de Claude caminhavam na madrugada. Alcançando-o à altura do açougue chinês, estendi-lhe a mão. Ele deu um sorriso amarelo, mas afável.
– Então?
Juntos empurramos a pesada porta de madeira maciça, em seguida dissemos bom-dia diante da sala aberta de Serge, o coordenador pedagógico.

— Boas festas.

No pátio interno de árvores congeladas, o vigia Mahmadou havia encostado uma escada contra o muro contíguo ao jardim de infância. Subiu seis degraus, esticou o pescoço para aumentar seu ângulo de visão, pareceu tentado a passar para o outro lado, renunciou.

Por trás da porta azul, a sala estava vazia, a não ser por Valérie, que consultava seus e-mails.

— Feliz Ano-Novo e tudo mais.

Não dava mais para aguentar o cheiro de laranja do meu armário.

— Saúde, principalmente.

◻

Dico relutava em subir as escadas atrás dos outros.

— Prô, dá pra mudar de classe?

— Não.

— Dá pra ter um outro prô de francês?

— Mexa-se.

O grosso da tropa esperava diante da sala de física. Frida contava uma história que embevecia algumas meninas à sua volta.

— No dia em que você me bater, juro, você vai morrer, ele estava completamente em pânico, de onde você tirou essa história de que vou te bater? Ele disse é a minha prima, ela é

— vamos, vamos entrar.

Eles entraram, repartiram-se pelas fileiras, sentaram, acalmaram-se. A sala recendia a limpeza e a uma umidade de ociosidade. Pedi a Kevin que fosse buscar giz na sala dos

professores. Ele suspirou por reflexo, mas estava feliz por escapar a cinco minutos de tédio.
— Assim você faz um pouco de exercício.
Ele sorriu fechando a porta atrás dele. Fileira da esquerda, primeira carteira, Dico assobiou.
— O senhor não pratica nenhum esporte.
Fingi não ter ouvido, ele falou mais alto.
— Tenho certeza que o senhor é zero em esporte.
Eu não devia retrucar.
— Tenho certeza que, em esporte, o senhor é zero.
— Você acha?
— O senhor é zero em esporte, tenho certeza.
— Você tem certeza?
Ao dizer isso, passei as duas mãos pelo meu rosto, afetando descontração. Depois disso meu olhar recaiu sobre o de Frida, sorridente.
— O senhor está nervoso?
— Por quê? Pareço?
— O senhor está vermelho.
— É porque esfreguei os olhos.

¤

— Quanto antes começarmos, mais cedo teremos direito ao bolo de reis.
O diretor esperava que cada um assumisse seu lugar no U. Após algumas informações gerais, ele girou a caneta entre os dedos.
— Particularmente, não sou favorável à repetência nas primeiras séries do ensino médio. Devemos considerar que,

no ginásio, podemos receber todo mundo, ensino profissionalizante e geral integrados.

Puxei uma folha. Gilles tinha tido uma indigestão de ostras na semana anterior.

— Lamento, mas vejo que nas oitavas séries há alunos que não têm nível nem de quinta, o que vão fazer no primeiro?

A caneta do diretor girava entre suas mãos.

— Vocês sabem que há alunos completamente perdidos no ginásio que revelam suas qualidades no profissionalizante.

Bastien voltou à carga.

— Lamento, mas por que não tirá-los antes do ginásio? Os da sexta A, por exemplo, não vão dar em absolutamente nada.

O diretor encadeou para não ter de retorquir:

— Devo também lembrar a vocês que o comunicado oficial desaconselha a prática de cópia de textos.

Alguns vestiram a carapuça, entre os quais Léopold.

— Lamento, mas eu me lembro de que nos cursos de aperfeiçoamento eles nos diziam uma coisa muito interessante, uma vez ao menos era algo interessante, e que me marcou. Eles diziam que dar exercícios como castigo levava à associação, no espírito dos alunos, de exercício com castigo e, consequentemente, todos os exercícios eram vistos como castigo. Partindo-se daí, então, dar cópia não é um mal maior.

Géraldine continuou.

— Além do mais, estamos num ginásio onde os meninos não sabem escrever, você passa um exercício e eles devolvem três cocozinhos de mosquito. Ao menos, cinquenta linhas são cinquenta linhas. O administrador Pierre apareceu, carregando nos braços a cesta com os bolos. O diretor encadeou para não ter de retorquir:

— Vocês sabem que o problema é praticamente o mesmo para as advertências e repreensões do conselho de classe. Elas simplesmente não são legais.

Line, que trinta minutos mais tarde diria oh, fui eu que tirei a fava e se deixaria coroar sem resistência com a coroa de papelão dourado, disse que

— nesse caso, eles podem fazer todas as besteiras que quiserem, porque sabem que não acontecerá nada no final.

Eu anotei: todas as besteiras que quiserem, nada no final.

◘

O DS do qual ele é proprietário enguiçou.
— Então, qual é a oração adjetiva aqui?
Nascido em 5 de janeiro de 89, Abderhammane manifestou-se.
— Prô, o que é um DS?
!!!
— Um DS todo mundo sabe o que é, apesar de tudo... Quem pode explicar para Abderhammane?
Bien-Aimé, celular pendurado no pescoço.
— A adjetiva é "da qual ele é proprietário enguiçou".
— Sim, enfim, não exatamente, mas o que é um DS, ninguém sabe?
Ninguém.

— A gente vê nos filmes, às vezes. Não?
Não.
— Em filmes *noirs*, por exemplo.
Fayad, *Ghetto Fabulous Band* em maiúsculas na camiseta.
— O que são filmes *noirs*?
— São filmes policiais onde se passam coisas nada bonitas, por isso se diz *noir*.
Bien-Aimé.
— Por que se diz *noir* e não, não sei, azul?
— É para não confundir com um *Smurf*. Bem, meu DS, ninguém está nem aí?
Quando Alyssa intervém, o céu se abre para outro céu, que se abre para outro céu, que se abre para outro céu.
— Prô, por que o senhor disse que não estava certo o que Bien-Aimé disse?
— Eu não disse nada, ele não respondeu nada.
— Sim, sobre a adjetiva.
— Ah, sim, é porque a adjetiva termina em proprietário, o que vem depois é o fim da principal, cortada em dois: o DS enguiçou.
Hadia, tecido preto como lenço.
— O senhor não disse o que é um DS.
— Pesquisem em casa, vamos passar à frase seguinte.
Pela segunda vez no ano, Ming levantou a mão.
— Ela vai ao cinema com seu amigo que ele está livre.
Esperei para ver se não era apenas um erro de pronúncia.
— Venha escrever sua frase no quadro, assim podemos ver melhor o esquema.
Levantou-se corajoso e concentrado, camiseta vermelha com um Puma branco em posição de salto. Escreveu: ela

vai ao cinema com seu amigo que ele está livre. Eu o mandei de volta a seu lugar.

— Obrigado. Bem, então, o número de verbos está correto, há dois, logo temos duas orações. Por outro lado, temos também uma principal e uma subordinada, como eu havia pedido, então tudo bem até aqui. O único probleminha é "que ele", usado em vez de "que". É verdade que temos uma adjetiva, ela qualifica um nome, e não uma conjuntiva, que seria referente a um verbo.

◻

Frida tinha percebido muito bem que eu estava esperando que entrassem na fila e, no entanto, se mantinha a uns dez metros. Tendo ordenado que os outros começassem a subir, dei os passos que faltavam para alcançá-la.

— Frida, você não se incomoda de me fazer esperar?

Ela não respondeu, deu um beijo em sua colega dizendo-lhe até daqui a pouco, depois ensaiou um passo em direção às escadas que minha interjeição congelou.

— Ei! Não gosto que gozem da minha cara.

— O que é agora?

— Quando eu lhe digo para subir, você chispa, sem que eu tenha de aguentar os beijinhos na colega.

Ela me olhava com ar de desafio inundado de grande indiferença e desprezo. Eu não tinha dormido bem, havia dito "chispa".

— Essas fedelhas metidas a besta não me dizem absolutamente nada.

Sem reagir, pasma com o que ouvira, seguiu caminho com um imperceptível levantar de ombros.

Uma hora depois, quando o sinal esvaziou o viveiro, eu lhe pedi que ficasse dois minutos. Ela deve ter pensado o que esse idiota ainda quer comigo?

— Bem, há pouco eu a repreendi e fiz bem porque são exasperantes esses pequenos desafios baratos do tipo eu não entro na fila quando o professor manda. Logo, eu tive razão de ficar aborrecido com você, mas é verdade que usei expressões, mais precisamente uma, das quais não me orgulho nem um pouco de ter usado. Então, é isso, eu peço desculpas. Peço desculpas por ter empregado essas palavras, são palavras sem sentido e que não tinham nada a ver, peço desculpas. Por outro lado, gostaria que a partir de agora você fosse para a fila ao mesmo tempo que os outros, certo?

No meio da minha tirada ela sorriu seu belo sorriso de bondade delicada e, não tendo dormido bem, minhas próprias palavras me enchiam de emoção, e ela disse certo.

¤

Sentada a meu lado, Rachel assumiu um tom confessional.
— Queria te falar de uma coisa.
— Ah?
— Segunda-feira, houve uma discussão violenta com os da oitava C. Eu ouvi Hakim chamando Gibran de judeu ordinário, porque ele não queria lhe dar uma folha de papel, então eu o repreendi, disse que isso não era coisa que se fizesse, e aí todo mundo subiu pelas paredes, foi uma bagunça geral durante uma meia hora, eu te garanto, não consegui me explicar, foi um inferno. Quando eles saíram, sabe, eu

chorei. Não consigo me acalmar por causa desse assunto. Como me diz respeito diretamente, não consigo.
– Ah?
– Talvez você pudesse.
– Veremos.
– Foi principalmente Sandra que me decepcionou. Ela disse, eu, de qualquer maneira, sou racista em relação aos judeus e vai ser sempre assim. Você tem aula com eles hoje?
– Não. Só depois de amanhã.
– Você vai tentar?
– Verei o que posso fazer.

Fazia uma meia hora que Daniela não saía do telefone.

– Alô, bom-dia, eu gostaria de conversar com a senhora a respeito do seu filho e convidá-la para uma reunião que faremos na próxima semana.

Géraldine, seios pequenos atraentes, acabava de chegar.
– O que você está fazendo?

Danièle tapou com a mão o bocal do telefone.
– Estou convocando os pais de alunos da sexta A. Não pode imaginar o trabalhão.

Gilles poderia ter feito um colar com suas olheiras.
– De qualquer maneira, já é muito tarde, não será agora que eles vão mudar. As sétimas, igualmente.

Léopold, *Evil's Waiting For You*.
– Espere, a sexta A é bem pior. Tocou o sinal?

Ele sabia muito bem que sim, tanto quanto Sylvie e Chantal, que recuperavam o açúcar remexendo o fundo de seus copinhos.
– Eu estudava dança, mas parei.

— Eu também, cinco anos, mas agora estudo acordeão.
— É legal.
— Sim, realmente. Na música da Europa do Leste, você encontra trechos absolutamente geniais.

Chantal não disse mais nada, eu não parei de falar.
— O acordeão me tira do sério. Me faz lembrar da infância. Assim que eu ouvia, me dava a impressão de estar deprimido, quando na realidade não estava. Às vezes, íamos às festas populares, aos domingos, o acordeão fechado, isso me causava uma melancolia infinita. É uma máquina que fabrica tristeza, essa merda.
— Isso depende. A música do Leste, por exemplo, é superbacana.
— Leste ou Oeste, é terrível. É para se enforcar. Deviam proibi-la. É só isso.

◻

a) Destacar os verbos conjugados do texto. b) Para cada verbo, determinar o tempo e o modo. Cinco minutos depois, Mezut não tinha escrito nada.
— Talvez seja bom começar, Mezut.

Ele destampou enfaticamente a caneta e aproximou a cadeira com um zelo de entrevista para contratação.
— Sim, sim.

Eles trabalhavam em silêncio. As árvores nuas do pátio viravam mármore com o vento gelado. *Do as I say not as I do because the shit's so deep you can't run away. I beg to differ on the contrary, agree with every word that you say. Talk is cheap and life is expensive, my wallet's fat and so is my head. Hit and run, and then*

I'll hit you again, I'm smart-ass but I'm playing dumb. And I've no belief, but*
— Prô, o que eu quero perguntar é: "seu" é verbo?
— Desculpe, Mezut.
— É verbo, "seu"?
— Francamente, Mezut, "seu" não é verbo, francamente.
— Sim, mas, prô, como a gente sabe que não é verbo?
— Francamente, é evidente, não? Um verbo indica ação; "seu" é uma ação para você?
— Bem, não.
— Francamente.

◘

No começo da aula esperei para ver se eles estavam suficientemente calmos. Estavam. Deixei minha mesa sem descer do estrado.
— A professora de artes plásticas me disse que houve problemas entre vocês.
Sandra suspirou como se dissesse não aguento mais.
— Oh, não, agora está bem.
— Não, não está bem. Nada está bem quando se têm besteiras na cabeça. Eu não vou brigar com vocês, não vou dar lição de moral, não vou dizer que antissemitismo não é legal, assim como fumar ou quebrar um vaso. Eu desempe-

---

* "Faça o que digo, não faça o que faço, porque a merda é tão profunda que você não consegue escapar. Eu imploro ao discordar, pelo contrário, concordo com toda a palavra que você disse. A fala é barata e a vida é cara, minha carteira está cheia, assim como minha cabeça. Bater ou correr, e então eu baterei em você novamente. Eu sou o fodão, mas estou dando uma de joão-sem-braço. E eu não creio, mas..." (N. E.)

nho meu papel de professor de francês: chamo a atenção de vocês contra a inexatidão. Se vocês me disserem que o objeto direto concorda com o auxiliar "ter", eu direi que isso não é exato. Pois bem, não gostar dos judeus não é bem nem mal, é só inexato. Quando eu tinha a idade de vocês, era comunista, vocês sabem o que quer dizer comunista? Quer dizer, em resumo, que se é a favor de que os pobres sejam um pouco menos pobres e os ricos sejam um pouco menos ricos. Meus inimigos, na época, porque nessa idade é obrigatório tê-los, meus inimigos eram os patrões, os que realmente mandam. Isso fazia um pouco mais de sentido, não? Mas, principalmente, era muito mais preciso.

Imane murmurou não sei o quê que fez Sandra aprovar, exultante, e elas bateram as mãos.

– O que está acontecendo?

– Não, não, nada.

– Bem, sim, alguma coisa está acontecendo. Vocês caíram na risada, alguma coisa aconteceu, não?

– Não, não.

– Sim, me digam o que é.

Imane hesitou, depois me olhou de alto a baixo e ousou falar, seu nariz mal escondendo um sorrisinho de evidência.

– Justamente, prô, os patrões são os judeus.

É isso aí.

– OK, eu sei que vocês pensam assim e é uma grande idiotice. De fato, o que você quer dizer é que os judeus na França são mais ricos que os árabes, e sabe do que mais? Você tem razão. Se considerarmos o nível de vida médio dos judeus da França, ele é superior ao dos árabes. É depois que a sua idiotice começa. É quando você deduz que eles tomaram tudo para eles como ladrões e que eles têm a ambição do lucro grudada na pele. É isso o que você pensa, não é?

— Mais ou menos.

— Pois é uma grande besteira. Eu vou te explicar por que, na França, os judeus são, em geral, mais ricos do que os árabes.

Dei três razões implacáveis, terminando pela cultura de excelência na qual vocês deveriam se inspirar, em vez de invejar. Depois estendi o assunto para a história atual do Oriente Médio, só para enrolar o suficiente para não começar a aula. Três vezes quinze minutos de celebridade e o sinal não os fez sair do silêncio. Os pássaros ficaram pensativos, com exceção de Hakim, que politicamente tem oito anos, e Sandra, que veio se apoiar na minha mesa, seu pneuzinho de fora. Cem mil volts divididos pela contrição.

— Prô, lamento ter dito aquilo, não sei o que me deu, na verdade eu queria fazer uma piada.

— Médio, como piada.

Joelhos trêmulos por um espasmo contínuo, ela esperou que Jie saísse, ocupada em recitar o subjuntivo latino para Zheng.

— Eh, dá pra ver a sua cueca!

Uma tira de algodão efetivamente surgia da calça de cintura baixa.

— Isso também é uma piada?

— Bem, dá pra ver a sua cueca, não?

– É tudo o que você queria me dizer?
Seus brincos condutores de eletricidade circundavam metade de suas bochechas.
– Não, era por causa da orientação. Outro dia visitei o colégio Marcel-Aymé. Prô, é impossível, não vou poder ir para lá, só tem góticos lá.
– Ah?
– Sim. Juro que é verdade, só tem esqueitistas, nunca vou conseguir conversar com eles.
– Contanto que não sejam judeus.
Ela bateu os pés, exasperada.
– Oh, prô, tudo bem, já disse, já pedi desculpas. Mas juro, lá não dá, só tem punks.

◻

Léopold tentava fazer a máquina aceitar sua moeda de cinquenta centavos. Bastien terminava um biscoito e a leitura de uma página encontrada no seu armário.
– Você viu essa coisa?
No canto da sala, Chantal corrigia trabalhos sobre uma das pernas dobrada como mesa.
– A outra nem sequer escreveu o nome, ela vai me ouvir.
Não foi dirigido a ninguém, mas eu era o único sentado próximo.
– Você sabe quem é?
– Sim, mas ela não pôs nome, isso vai acabar mal.
Bastien não conseguia acreditar.
– Vocês viram essa coisa?
Léopold bateu com a mão espalmada num dos lados da máquina. Chantal não o havia visto.

— De qualquer maneira, um trabalho sem nome é zero.
Esperei para estar certo de que ela não estava brincando.
— Zero, realmente?
— Sim, o que você quer que eu faça!
— Vocês não teriam troco para uma moeda de cinquenta centavos?
— Vocês viram essa coisa?
Dessa vez Bastien não deixava escolha, estendeu a folha. Relatório das educadoras auxiliares. Estávamos Clarisse, Amara, Sylvaine e eu na sala de estudos com os alunos da sexta A. A irmã mais velha de Jallal El Moudene chegou na sala e perguntou para a irmã "quem te deu um tapa?". Jallal apontou Ouardia Agadir e a irmã mais velha começou a agredi-la verbalmente e a ameaçá-la. Ouardia respondeu violentamente "puta ordinária, continue dando para todo mundo". A irmã mais velha lançou-se então sobre Ouardia para surrá-la. Fomos obrigados, Clarisse, Sylvaine e eu, a separá-las. Kinga foi procurar o senhor Giresse. Várias vezes, diante de tudo aquilo, solicitamos à irmã mais velha que saísse da sala. Foi em vão. Ela continuava a bater em Ouardia, que também se defendia. Foi preciso que o senhor Patrick chegasse para que a irmã mais velha fosse embora. Nós seguramos Ouardia enquanto o senhor Patrick retirava a irmã mais velha da sala e depois do pátio.

— Falando em punk, você conheceu um grupo chamado *Les Tétines Noires*?

Léopold não havia lido o relatório e retomava o curto intercâmbio que havíamos tido na semana precedente.

— Sim, sim, conheci.

— Pois bem, esse é um grupo que fez a transição entre o punk e o gótico.
Ele abriu o armário de Rachel, onde às vezes há algumas moedas de dez centavos.
— E você gostava desse grupo?
— Muito texto.
Ele voltou ao assalto da máquina.
— Sim, é verdade que é mais intimista, menos político. É menos uma revolta contra a sociedade do que uma revolta individual. Quero dizer, é mais pessoal, mais sentimental, mais como direi...
— Romântico?
— É isso aí, é uma revolta mais romântica.

◻

À minha frente, Souleymane entrou encapuzado.
— Souleymane.
Ele se virou para mim. Me viu apontar para a minha cabeça para me referir à dele. Feito.
— O gorro também, por favor.
Sua cabeça já apresentava agora uma ínfima espessura de cabelos loiros. Pedi que pegassem suas agendas para anotar uma avaliação para a quinta-feira seguinte. Jie e os outros três começaram a fazer entre si gestos de embaraço. Após um conciliábulo cochichado, Jiajia foi silenciosamente designada porta-voz. Tendo levantado a mão, dei-lhe a palavra, com lento piscar de olhos.
— Quinta-feira nós não estaremos aqui, não poderemos fazer a avaliação.

— E por que vocês não vão estar aqui?
— É o ano-novo chinês porque.
— E vocês não podem adiá-lo?
Meu sorriso não fez com que compreendesse a brincadeira.
— Não, não, não podemos adiá-lo. Não somos nós que decidimos.
— Bem, então os outros anotem que faremos uma hora de convivência em classe, de preferência.
Fileira da esquerda, primeira carteira, Dico emitiu seu assobio reprovador.
— A convivência em classe não serve para nada.
— Como, Dico?
— Não serve para nada, não vou vir.
— O que você está dizendo?
— Não vou vir, não serve para nada.
— Repita para ver.
— Não vou vir.
— Repita mais uma vez, para ver.
— Não vou vir.
— Mais uma vez?
— Não vou vir.
— Você quer ir falar com o diretor?
— Não vou vir.
— OK, vamos para a diretoria.
Desci do estrado.
— Siga-me.
Abri a porta e indiquei as escadas com o polegar. Ele passou sob meu braço estendido.

– Os outros, fiquem quietos.
Segui pelo corredor, ele me seguia a três metros.
– Ande depressa.
Ele não acelerava. Parei para que ele passasse à frente. Depois não avançávamos mais. Eu cedi e o ultrapassei. Na escada eu descia três degraus depois subia novamente dois para esperá-lo.
– Imbecil.
– Por que o senhor me menospreza?
– É você que menospreza seus professores, quando responde para eles.
– Logo, o senhor me menospreza?
No pátio interno a distância aumentou ainda mais. Caminhamos assim até a sala aberta de Christian, o coordenador pedagógico. Eu não esperei que ele acabasse de atender a mãe de um aluno acompanhada de uma tradutora.
– Deixo esse energúmeno com você. Eu não vou aceitá-lo na próxima aula sem uma palavra de desculpas.
– Certo.
– Lamento.
– Não, não.
Mecanicamente, a tradutora relatou essa última troca de palavras numa língua africana, depois tapou a boca com uma mão envergonhada.

◘

Danièle entrou assoprando as mãos, apesar das luvas, e tomou seu lugar com diligência polida. Dos doze membros, sete estavam presentes na sala de estudos, preparada para a circunstância, *quorum* atingido, o diretor pôde começar. Pela evocação dos fatos.

— Ndeyé estava no corredor, no final da fila. Ela estava com umas bolinhas cor-de-rosa na mão e achei que fossem balas. Mandei que guardasse imediatamente. Ela se recusou, eu tornei a mandar, ela começou a me responder. Nesse momento, pedi a ela que me acompanhasse até a minha sala. Ela se recusou e me chamou, eu cito, de idiota. Uma vez na sala, ela se acalmou e na mesma tarde veio me pedir desculpas.

Ele fez uma pausa.

— Eu esclareço que, considerando a gravidade dos fatos, poderia ter apresentado queixa. Não fiz isso, por considerar que antes é preciso sempre procurar uma sanção de caráter educativo. É também por essa razão que estou certo de que o conselho mediador será capaz de conseguir de Ndeyé que, durante o resto do ano, ela adote um comportamento normal e respeitoso com os adultos.

A mãe caolha dirigiu algumas palavras em língua africana a Ndeyé. Seu olho são estava fixo no locutor, cujo discurso incompreendido acompanhava com pequenos murmúrios de aprovação.

— Portanto, a suspensão não é a única coisa que propomos. Na realidade, pediremos a Ndeyé que passe duas tardes com as crianças do jardim de infância ao lado para colocá-la na posição de adulto e fazê-la perceber que é impossível realizar o que quer que seja em grupo se não houver acordo sobre regras comuns. Por outro lado, aconselhamos que Ndeyé tenha um acompanhamento psicológico.

A assistente social rompeu o silêncio dos ouvintes.
— Já é caso para isso.
O diretor reprimiu uma careta de contrariedade.
— Determinaremos que o acompanhamento seja mantido.

ҩ

— Não, machão não é a mesma coisa, machão é um homem que mostra os músculos, que banca o viril e por isso trata as mulheres de uma forma um tanto depreciativa. Mas não é o termo exato para designar aqueles que não gostam de mulheres, porque a rigor o machão ama as mulheres, de uma certa maneira. Como é que se diz, então?
— Homossexuais.
— Ah, não, não tem nada a ver, não é porque alguém não se sente atraído sexualmente pelas mulheres que não goste delas. Pelo contrário, em geral os homossexuais adoram as mulheres.
Bobagem. Faiza, echarpe preta como lenço.
— É natural, eles se parecem.
— Como queira. E a minha palavra, ninguém sabe?
Escrevi *misógeno* no quadro, depois, após refletir, *misógino*.
— O prefixo é empregado negativamente, e *gino* está ligado a uma palavra grega que quer dizer útero.
Confundi com histeria, mas não foi por isso que eles morreram de rir. Nem o que provocou a intervenção de Aissatou.
— Prô, aqueles que querem que as mulheres fiquem em casa são misóginos?

— É isso, por exemplo.

Sim, mas, disse Dounia, também é preciso proteger as mulheres, sim, mas, disse Soumaya, ficar em casa o dia inteiro é abuso, sim, mas veja os filmes pornôs, também é abuso, disse Sandra, ligada na eletricidade, eu digo que devem ser proibidos porque é falta de respeito, e também eu vejo, disse Hinda, que se parece não sei mais com quem, que às vezes tem filmes que não são pornôs, mas mesmo assim tem cenas de sexo e tudo, sim, eu também acho, retomou Sandra, quando caio em um desses e estou com meu pai, puxa vida, fico com muita vergonha, é por isso que agora, quando ele diz vem, vamos ver televisão e tudo eu digo não, sim, disse Soumaya ou Imane ou Aissatou, na aldeia pelo menos a gente não é obrigada a usar o controle remoto ou o que quer que seja, na aldeia a gente pode assistir tranquilo, enquanto aqui não, a gente está sempre com o controle remoto na mão pro caso de aparecer sexo ou o que quer que seja, sim, mas no Egito é igual, quando assisto tevê estou tranquilo, não preciso mudar de canal o tempo todo, enquanto aqui na França não vale a pena porque é tanta coisa estranha o todo tempo, o senhor não acha, prô?

— Sim.

◻

Antes que eu expusesse ao diretor minha requisição, ele resolveu me contar a última.

— Preciso te contar a última.

Ele se regozijava com a história a seguir.

— Você sabe quem é Ali entre os inspetores de alunos?

— Sim, sim, aquele que é bem forte, de óculos quadrados.
— Não, um magro, sem óculos.
— Sim, sim, já sei.
— Pois bem, de comum acordo suspendemos nossa colaboração.
— Ah?
— Ele estava em experiência, e digamos que a experiência não foi conclusiva.

Ele ainda ria do caso.

— Na realidade, fazia um mês que ele estava aqui e nunca funcionou bem. Houve choques frequentes com os alunos, a paz nunca reinou entre eles, mas, enfim, isso era mais folclórico. Até ontem.

Ele fez uma pausa.

— Ontem ele entrou aqui gritando "eu vou matar eles, eu vou matar eles", assim, durante três ou quatro minutos. Então o fizemos se sentar, eu lhe disse para se acalmar, que iríamos falar de tudo isso tranquilamente. Ele finalmente parou de gritar. E então desfiou todos os seus motivos de queixa contra os alunos. Eu lhe disse que nesse caso talvez fosse melhor pensar em procurar outro estabelecimento, até mesmo outro ramo de atividade, ele disse que quanto a isso não havia a menor dúvida. Finalmente, tudo se resolveu numa boa.

Ele procurou encorajamento no meu olhar. E encontrou.

— Afinal, tudo foi resolvido, é fácil dizer, porque mesmo assim tive que acompanhá-lo até sua casa e, na saída, tirei de Djibril este objeto.

De entre dois armários, ele tirou uma barra de latão.

— Bem, Djibril não teria ido longe com isso, aliás, ele a entregou sem problema, mas, enfim, nunca se sabe. Eu me dispunha a encadear outro assunto, ele não.
— No caminho, conversei com Ali. Soube de poucas e boas.
— Ah?
— Ele me contou que durante toda sua infância sua mãe lhe dizia "você, de qualquer maneira, não vai chegar a lugar nenhum". A gente começa a entender muita coisa.
O sorriso o havia abandonado e agora, mordiscando a haste dos óculos, ele refletia, apoiado em meu olhar.

¤

Khoumba entrou sem bater, um dedo sustentando o algodão na narina, o queixo ligeiramente levantado.
— Está melhor?
Como ela se sentou sem responder, Fortunée disse não sei o quê que a fez sorrir. Subitamente Dico chamou Mehdi, de uma ponta para a outra da primeira fileira. Eu disse oh! Ele disse quê?
— Assim não dá, né?
— O que foi que eu fiz?
— Vai começar de novo?
— Por que o senhor está falando comigo?
— Quer que a gente volte lá?
— Tô nem aí.
— OK. Vamos voltar lá.
Abri a porta e indiquei as escadas com o polegar. Ele passou sob meu braço estendido. Uma vez fechada a porta, eu mudei de ideia.

— Pensando bem, você vai ficar no corredor, não pretendo perder meu tempo com você.
— Tô nem aí.
Pus o indicador sob seu nariz e colei meus olhos nos dele.
— Não preciso dos seus comentários.
— Por que o senhor fica nervoso?
— Cale-se.
— Se eu quiser, eu entro na classe.
— Experimente só para ver.
Ele subiu os degraus atrás de mim.
— O que o senhor vai me fazer se eu entrar? Vai me bater?
— Bem, OK, vamos para a diretoria.
Na escada, eu descia três degraus e depois subia dois para esperá-lo. No plano, avançávamos lado a lado, lentamente, senão eu o ultrapassaria, era ridículo. Procurei o tom mais desenvolto entre os disponíveis no meu cérebro exaltado.
— Não estamos bem, aqui, os dois andando?
— Pfff.
Eu representava um passeio pelo campo.
— A vida é legal, não?
— Pfff.
Os outros com certeza tinham se aglomerado nas janelas da classe para olhar.
— Sua vida é nada, Dico. Você não está cheio dessa sua vida de nulidade?
Parei para tirar o pó de um dos sapatos e assim legitimar nossa lentidão grotesca.
— Pfff.

Bem ou mal, chegamos à porta da diretoria.
— Aqui você não banca o esperto.
— Tô nem aí.
— Você não está nem aí, mas aqui você não banca o esperto. O diretor não estava. Dico se regozijou em silêncio.
— Sente-se aí, eu vou procurá-lo.
Ele não se sentou.
— Sente-se aí e cale a boca.
— É o senhor que está falando.

◘

Chegamos às questões propostas pelos diferentes membros do conselho de administração. O diretor estava no comando.
— Os professores desejam debater o problema da máquina de café. A esse respeito, o melhor é dar a palavra ao senhor Pierre, que vai nos apresentar uma estimativa das finanças nessa área.
O senhor Pierre não precisou se mexer para ficar à vontade na cadeira.
— Quanto à máquina, vocês devem saber que foi instalada no exercício de 2001, porque a anterior, cuja manutenção devia ser feita regularmente e, por esse motivo, dependia dos serviços de uma empresa terceirizada, não era rentável. Isso posto, a máquina atual se revelou deficitária, o que nos levou a aumentar dez centavos o preço da bebida, que subiu então para cinquenta centavos.

As listas azuis de sua camisa branca permaneceram indiferentes ao rumor de descontentamento que se ergueu ao fim de sua réplica.

– Nas condições atuais, portanto, é impossível considerar a possibilidade de voltar ao sistema antigo, que não permite equilibrar as contas.

O diretor vigiava de esguelha a malta prestes a atacar. Eu ataquei.

– Acho que há um mal-entendido sobre o que nos parece que deve ser mudado. O problema não é tanto a máquina em si, mas o fato de a quantidade de café ter diminuído drasticamente e com frequência cada vez maior. Há dois meses, o problema praticamente não existia, além disso, dispúnhamos de uma escolha bem mais ampla de bebidas quentes. Há algum tempo, não só a quantidade de café disponível diminuiu, como não há mais saquinhos de chocolate nem cápsulas de leite ou chá. Não raro temos que ir até a despensa para reabastecer, deslocamentos que representam tempo perdido em relação às nossas atividades propriamente pedagógicas. Além do mais, o pessoal encarregado nos manda para o senhor, senhor Pierre, porque não cabe mais a eles, segundo as suas diretrizes, estocar os produtos. De fato, parece que pesa uma suspeita sobre esse pessoal, em particular no que se refere aos saquinhos de açúcar, que, se nos ativermos aos números, somem no ar. Enfim, não sabemos mais a que santo recorrer, e, enquanto isso, não é raro não ter café de manhã, apesar de sabermos muito bem que entre estas paredes o café é o nervo da guerra.

Risinhos de aprovação, gozo, gesto de apaziguamento do diretor.

— Se vocês quiserem, voltaremos a falar sobre esse assunto, porque temos de passar para algo bem mais insignificante, a saber, a carga horária global para o próximo ano. Primeiro, ele se alegrou porque aqui ela havia aumentado, ao contrário do que ocorria em geral na educação regional. Depois entramos nos detalhes. Aproveitando o que havia sido dito numa reunião preparatória, Marie sugeriu que as aulas de línguas tivessem prioridade nessa carga suplementar, e que, por exemplo, aumentassem uma hora nas sétimas, para formar grupos menores, mais adequados para a aprendizagem oral. O diretor achou a ideia interessante, objetando, entretanto, que isso equivaleria a suprimir meia hora de orientação no trabalho individual, o que significaria a supressão dessas aulas, porque os alunos teriam somente uma hora a cada quinze dias, por assim dizer, nada. Foi então proposto que se acrescentasse uma hora de educação física na mesma série, o que, considerando o perfil dos alunos das sextas desse ano e, consequentemente, das sétimas do próximo ano, poderia contribuir para canalizar suas energias e a colocá-los numa boa dinâmica, uma vez que, na realidade, é o único curso que os segura um pouco. Mas então renunciaríamos à consolidação da aprendizagem do inglês nas sétimas? Não, bastaria transferir as horas das sextas acrescentadas em francês para o total de horas das sétimas, sabendo que nesse ano as quintas eram extremamente satisfatórias, e transformá-las em horas de língua, assim, nossas quatrocentas e sete horas, em relação às quatrocentas do ano passado, seriam utilizadas com mais critério, ainda que fosse necessário manter uma pequena reserva de segurança para compensar os ajustes de distribuição do início das aulas.

Uma hora depois, sete garrafas de vinho branco sobressaíam na mesa diligentemente coberta com uma toalha de papel pelo administrador. Corri para a sala para recuperar um pacote de trabalhos, duvidando que encontraria a porta aberta. Estava, mas nenhuma luz se acendeu. A sala estava mergulhada na penumbra, depois na escuridão total à medida que avançava e só pude identificar meu armário pelo cheiro de laranja. Eu tateava para alcançar o pacote de trabalhos quando a luz voltou.

— Não se faz nada num dia.

Era a voz sem idade do quartinho dos vigias. Parado na porta, seu proprietário perscrutava meu pensamento.

— Mas sem um dia também não se faz nada.

Ele não tinha um braço.

— Você desengata o último vagão de um trem, ainda haverá um último vagão. Você tira o primeiro dia, é o segundo que é o primeiro agora. Sempre se parte de um dia.

Eu comecei a me aproximar, mas a cada passo meu ele recuava outro tanto e logo desapareceu.

◻

Dois alunos das quintas, cabeça raspada, pediam por cima do muro a bola de borracha que um chute vigoroso havia enviado para o outro lado. Nenhum eco, como se não houvesse nada além, como se o mundo fosse só aqui. O diretor me chamou de sua sala, que dava para o pátio.

— Nosso amigo Dico deixou um bilhete.

Pegando a folha dobrada em quatro, fingi uma descontração de caubói.
— No estilo de Chateaubriand, suponho.
Ele riu alto, depois ironizou.
— No mínimo!
A bola não voltava. Afundava em espaços infinitos. Quando empurrei a porta azul, o vigia Mohammed virou bruscamente na cadeira, como apanhado em falta.
— Bom-dia.
— Bom-dia.
Ele se endireitou e continuou a navegar num site de telefonia móvel. Esperei chegar lá em cima para desdobrar a folha. Senhor, peço desculpas por tê-lo enfrentado diante da oitava A e principalmente por ter sido insolente com um professor que sempre foi gentil comigo. Termino dizendo que me comprometo a me esforçar com os professores. Dico.
— Você teria cinquenta centavos em moedas de dez?
Era Line, afável, eu não a tinha ouvido se aproximar.
— Não podia ter pensado em trazer dinheiro trocado?
— É pedir muito prever as coisas? É legal improvisar, mas quando não dá certo, são os outros que pagam. Não dá para viver sempre nas nuvens, merda.

◻

Baixei a voz e assumi inflexões de pregador excitado.
— Se um dia descobrirmos que existe o gene do crime, muita coisa vai mudar. Porque o que é que vamos fazer com as pessoas portadoras desse gene? Hoje, os que mataram, a

gente diz que foi culpa deles, mas também de muitas outras coisas, circunstâncias atenuantes, como se diz. Costumamos dizer que, com ajuda, eles não repetirão o erro. Mas se o gene estiver neles, então isso quer dizer que não podemos curá-los, então o que fazer? Mantê-los isolados o tempo todo, antes mesmo de cometer um crime. Caso contrário, é laxismo.

Alyssa se aprumou em ponto de exclamação, depois se dobrou em ponto de interrogação.

— O que quer dizer *lassismo*?

— Laxista é quem deixa ir longe demais. É como indulgente, mas de forma negativa. Como pais que deixam os filhos de dez anos perambular pelas ruas à meia-noite. Também se diz que são permissivos, porque permitem além da conta.

Escrevi com giz laxista = permissivo. Alyssa copiou no fim do caderno.

— Atualmente, por exemplo, a gente fica se perguntando se a escola não é um tanto permissiva, se não deveria ser mais rigorosa com pessoas como, por exemplo, Mezut, que se viram dez vezes em uma hora, não é verdade, Mezut?

— É porque tem uma coisa que eu não sei.

— Ah?

— Eu não sei o que é gene, prô.

— Não é possível... Acabei de explicar...

Washington DC, Bien-Aimé sabia.

— É quando a gente tem vontade de matar e não consegue se segurar.

— Atenção, o gene não é necessariamente do crime. E repito que, até hoje, nunca ninguém encontrou o gene do crime.

Alyssa tinha começado a escrever numa folha, Mezut, como sempre, não tinha entendido, Fayad ria não sei de quê, os brincos de plástico de Hadia se agitavam em uníssono com seu cérebro.
— Que outros genes existem, prô?
— Muitos. Quem sabe se não há um gene do humor? Ou da gentileza? Ou, não sei, da ortografia?
— Prô, vamos fazer
— No próximo domingo, Tarek. Domingo de manhã vamos fazer ditado. Às oito horas. Sem falta.
Indira levantou a mão sob o olhar apaixonado de Abdoulaye.
— É verdade que se pode dizer "chove estiletes"?
— Canivetes. Chove canivetes. Mas qual é a relação?
Abdoulaye veio em seu socorro.
— É porque ontem choveu.
— Canivetes?
— Sim, choveu estiletes.
Se Alyssa não estivesse começando a escrever, teria perguntado por que canivetes?
— Diz-se canivetes porque caem tantas gotas finas e pesadas que cortam o ar, como canivetes.
Sinal, pássaros, Alyssa me estendeu a folha.
— Eu fiz uma argumentação.
— Ah?
Eclipsou-se antes mesmo que eu lesse.

laxista = permissivo

Devemos restaurar a autoridade que nossos avós conheceram na escola? Penso que devemos deixar o passado para trás e que as coisas que funcionaram bem antes talvez sejam menos eficazes agora e no futuro. Penso que cabe ao adulto se afirmar e impor suas regras segundo seus valores, e não em nome de uma moda que voltaria com força e consistiria em ser mais severo com os alunos. Ainda que a falta de assiduidade, de respeito e de muitos outros fatores que são a causa desse questionamento estejam frequentemente presentes nos estabelecimentos, restaurar essa autoridade nos moldes dos costumes antigos seria uma boa solução? Acho que não. Os jovens de hoje não aceitariam esse tipo de autoridade. Nem sequer conseguem imaginá-la. Essa nova geração não é majoritariamente partidária de sanções, de pressão constante e intempestiva, já basta a que existe. Além do mais, em alguns países, em particular os do Terceiro Mundo, esse tipo de ensino é aplicado nas escolas, e acho que posso dizer que os alunos gostariam muito de estar no nosso lugar! Então, se é para restaurar alguma coisa por causa de nostalgia do passado, não!

¤

Jihad deu uma volta pela sala antes de se sentar. Preocupado. Quase inquieto.

— Prô, o Benin é um país?

— Claro, é um país da África. Da África negra.

Ele deu uma olhadela em Bamoussa, que escutava mais atrás, um desentendimento entre eles ia ser arbitrado.

— Mas o que quero dizer é que o Benin é um país grande, prô?
Atento aos meus lábios, que fizeram um movimento avaliativo.
— Digamos que não, não é um país grande, mas também não é pequeno.
Eu estava bastante seguro de que não era grande, mas pequeno, eu tinha minhas dúvidas, que Jihad não percebeu, feliz que estava por ouvir que o Benin não tinha nada de monumental.
— Não é muito grande, não é?
— Não, não muito.
Ele se virou para Bamoussa com ar de viu, eu não disse. Eu o fiz olhar para mim.
— É para uma avaliação de história, é isso?
— Não não, é que amanhã o Marrocos joga contra o Benin, é por isso que eu quero saber se no Benin eles são bons ou não.
— Eu diria médio.
Ele voou para o seu lugar.

◌

Pressentindo que Jean-Philippe queria conversar comigo sobre a oitava A, fingi estar absorvido no meu par de tesouras hiperativo. Ele não tomou conhecimento, inclinou-se sobre minha mesa.
— Tive um probleminha com a sua classe.
— Ah?
Chantal passou sorrindo.
— Então é isso, o gene do crime existe? Eles ficaram excitadíssimos, querem que eu dê uma aula especial sobre isso.

Nada desviaria Jean-Philippe de sua narrativa.
– Na última semana, deixaram algumas mensagens estranhas na minha secretária eletrônica.
– Ah?
– Mensagens, entre aspas, um tanto especiais. Um tanto obscenas, diga-se de passagem. E, bem, reconheci de imediato quem era. Eram duas meninas, e entre elas estou certo, estava Dounia.
– Bem.
Ele pretendia continuar, Géraldine ostentava seus lindos peitinhos desperdiçados, Danièle entrou exasperada.
– É inadmissível ter de suportar isso. O que é que eles têm hoje?
Léopold não levantou a cabeça de seu pacote de trabalhos.
– O que aconteceu?
Danièle não sossegava.
– Você não acha que eles estão excitados, hoje?
– Não mais que nos outros dias.
Bastien estava ocupado com o papel enroscado na impressora.
– Como nos fins de semana, não mais.
Danièle não desistia.
– Com a sexta A, o fim de semana é prolongado, começa na segunda à tarde. A reunião com os pais valeu muito a pena, sabe.
– Teríamos de fazer outra reunião com toda a equipe.
– E com os conselhos de disciplina, sobretudo.
Tendo falado, Léopold e Bastien voltaram a mergulhar, respectivamente, no pacote de trabalhos e na impressora.

Sob o quadro dos camponeses em oração, Danièle continuava encolerizada.

– Ah, não, hoje realmente tem qualquer coisa no ar, eu garanto a vocês.

Julien deixou a tela do computador, onde brilhava um conjunto de chalés encolhidos num vale.

– Talvez seja o jogo.

Deu um estalo em Bastien.

– Ah, é isso, agora há pouco ouvi os alunos falarem do Mali não sei o quê.

Eu sei.

– Mali-Senegal, quartas de final da Copa das Nações da África. Este ano é na Tunísia. É a cada dois anos. Camarões são os atuais campeões.

Danièle não se conformava.

– Sim, mas o que uma coisa tem a ver com a outra?

Afinal, Bastien acabou desistindo das cópias.

– Deveríamos declarar feriado nos dias de jogo de times africanos, assim todo mundo ficaria contente.

Léopold havia acabado de escrever sua apreciação a caneta vermelha. Excelente trabalho.

– Ou então a gente passa os jogos em classe e organiza as aulas em função deles.

Danièle era incapaz de considerar tal possibilidade.

– Não entendo nada de esporte, principalmente os coletivos. Meu filho tentou me explicar o rúgbi, mas foi inútil.

No entanto, o rúgbi é apaixonante. Organizar o caos para produzir potência, é apaixonante.

◻

No pátio banhado pelas primeiras sombras da noite, sobressaía a camiseta vermelha de Idrissa. Um corvo que crocitava sem parar no alto de uma das três árvores me fez erguer a cabeça. A silhueta de Oussama, sentada no banco ao lado do acusado, se animou.

– Uh, uh, o corvo não é bom sinal para você.

Quinze minutos depois, Idrissa ainda estava sentado, mas na sala de estudos, adaptada para a circunstância. O diretor lia o relatório do incidente redigido pelo professor de ciências.

– Pedi a Idrissa que pegasse suas coisas, ele não estava com elas. Levantou-se para pedir emprestado uma folha a uma colega e bateu nela com o gorro, diante de sua recusa. Então pedi à responsável da classe que fosse chamar o diretor. Idrissa disse "vai, vai buscar Deus". Depois se levantou, se aproximou da minha mesa com ar de desafio e disse "o que é que você vai fazer comigo agora?". Dirigiu-se para a porta, eu disse para ele ficar, ele disse que "não estava nem aí" e desapareceu batendo a porta.

Olhando por cima dos óculos meia-lua, o diretor cumprimentou a mãe do faltoso que, durante a leitura, havia estacionado um carrinho de bebê de dois lugares num dos ângulos do U para então se sentar. Ele lhe apresentou um por um os membros permanentes do conselho. A cada nome, ela olhava nos olhos e dizia bom-dia levando a mão ao coração. O diretor concluiu recomendando a expulsão e deixando claro que essa sanção, caso se efetivasse, teria valor educativo e daria a Idrissa a possibilidade de se reeducar em outro lugar.

Valérie tomou a palavra na qualidade de professora coordenadora, explicando que havia parabenizado Idrissa pelos grandes progressos realizados recentemente, o que sem dúvida havia provocado nele um excesso de confiança que ele quis compensar com um comportamento inverso. Com uma grande cruz dourada pendurada no pescoço, a educadora disse que Idrissa sempre se comportara bem com ela, mas que aconteceu de ficar meia hora sem dizer uma única palavra. Uma representante dos pais lembrou que ele tinha passado pela guerra em Angola e que, certamente, isso pesava no seu comportamento. Ela insistiu para que a sanção fosse acompanhada de uma avaliação psicológica. O diretor disse que, qualquer que fosse a sanção estabelecida nessa tarde, ela teria caráter educativo. Marie sugeriu que uma mudança de estabelecimento poderia lhe fazer muito bem, porque a situação aqui estava como fruta podre. Enquanto ela falava, causa e efeito ou não, Idrissa e sua mãe tiveram uma conversa tensa em voz baixa. Quando Marie se calou, ouviam-se apenas os dois, sem que se soubesse a causa da discussão. Ela o chamava à razão, mas ele acabou se levantando.

– O que você acha? Você acha que isso aqui é o paraíso?

Ele repetiu três vezes, saiu, depois voltou.

– Se vocês querem me transferir, podem me transferir, tudo bem, não se fala mais nisso.

O diretor abandonou insensivelmente o tom afável.

– Ao contrário, Idrissa, é necessário falar sobre isso. É importante que falemos e que você ouça o que temos a dizer. Ele voltou a se sentar.

– Tô cagando e andando.

O diretor o interrompeu, dando a última palavra à mãe, conforme o regulamento. Ela não disse nada e foi convidada a esperar no saguão contíguo até que deliberássemos. Ela agradeceu e saiu.

Nós votamos pela expulsão.

◻

Salimata adiou o momento de olhar para o trabalho deixado sobre sua mesa, depois esticou o pescoço e viu o quatro.

– Você precisa, sem falta, cuidar da expressão, Salimata. Ela é a base. Comece prestando atenção às suas frases, depois podemos falar do resto.

Habituada a essa nota, ela não demonstrou decepção.

– A começar pela supressão de todas as expressões orais, familiares, entende?

Sua boca formou um sim afônico. Peguei o trabalho de novo para ilustrar minha demonstração.

– Por exemplo, é preciso usar a negação. "Eu não pratico esportes."*

Eu acentuei exageradamente o *não*.

– E coisas do tipo superbonito não se empregam na escrita.

Ela havia erguido seu olhar vazio para mim.

---

* Em francês, faz-se necessária a dupla negação com *ne* e *pas*, com o verbo entre eles: *"Je ne fais pas de sport"* em vez de *"Je fais pas de sport"*.(N. E.)

— Principalmente porque é com as expressões orais, na maioria das vezes, que cometemos erros, porque como não temos o hábito de vê-las escritas, nós as conhecemos apenas de ouvido e o ouvido pode enganar.

Uma salva de perdigotos aterrissou no estojo borrado com um *Mali En Force*.

— Por exemplo, não se escreve "isso acontece", mas "se isso acontecer"*. Ou ainda, não se escreve "rancamente", mas "francamente". De qualquer maneira, não se pode escrever "francamente" no início da frase, como fazemos na linguagem oral. É como "já". Não se escreve "já", escreve-se "primeiramente" ou "por um lado". Há coisas que se dizem, mas que não se escrevem, aí é que está.

Alyssa, lápis fino entre dentes combativos, *Los Angeles Addiction* escrito vinte centímetros abaixo e céus que se abrem de enfiada.

— Mas, prô, como é que se sabe que uma expressão só é usada oralmente?

Devolvi o trabalho de Salimata para me dar um tempo.

— Normalmente, são coisas que a gente sabe. São coisas que a gente sente, é isso.

Hadia se endireitou como se tivesse acordado em sobressalto.

— É "entuição".

— É isso aí, é intuição.

◘

---

* No original, respectivamente, *"ça se trouve"* e *"si ça se trouve"*. (N. E.)

Eu não via a continuação do *How To Become Beautiful?* na camiseta de Faiza, debruçada sobre o texto que ela lia em voz alta. Quando se endireitou, pude ler *Meet A Rich Man*, ela perguntou o que queria dizer o "ficar de bode"*, que terminava o trecho lido. Ligada na tomada, Sandra fulminou a questão, mal foi formulada.

— É quando a gente tem pensamentos tristes e tudo. Do tipo, quando você se sente sozinha e tudo.

— Aliás, por que se diz "ficar de bode"? Você sabe, Sandra?

— Bem, é quando a gente tem pensamentos tristes e tudo.

— Sim, mas por que se diz "ficar de bode" e não "ficar de cabra", por exemplo?

— Nada a ver, prô.

— Sim, mas qual é a relação entre bode e pensamentos tristes?

A plateia se fixou na questão e se estendeu nas respostas. Hinda, que se parece não sei mais com quem, deu início à ofensiva.

— É porque os bodes podem ser escuros, e isso combina com pensamentos tristes.

— Sim, mas então por que não se diz "ficar de corvo"?

— Porque os corvos são alegres.

— E os bodes são tristes?

— Sim, eles "ficam de bode" o tempo todo.

Sandra deu uma risada de mil volts, logo contida.

---

* Em francês, *"avoir le cafard"*. Se interpretado literalmente, como faz a aluna *"avoir le cafard"* seria "ter a barata". (N. E.)

— É porque os bodes são lentos e pequenos e não podem fazer nada, estão sempre em situação difícil. Eles queriam ser mais rápidos, mas não é possível, então ficam muito chateados.

— Nesse caso, poderíamos dizer "ficar de formiga", porque uma formiga também não é grande.

O zunzum nascente me fez erguer a voz, Mohammed-Ali ergueu a dele na mesma proporção.

— Não é verdade, prô, no Marrocos tem formigas grandes assim, eu juro, prô, foi minha tia que contou.

Havia lugar para um *dobermann* no espaço entre as mãos que indicavam o tamanho das formigas marroquinas. Michael disse que a tia comia formigas, o sobrinho ofendido disse que a tua tia come merda de zebra, os outros expressaram nojo, Sandra gritou puta merda, você viu os relâmpagos, acendendo uma fogueira que a própria chuva que caía não conseguiria extinguir. À guisa de extintor, armei-me com o simulado do dia seguinte. Silêncio instantâneo.

— Em francês, se seguirem corretamente as instruções, todos poderão ir bem.

Eu percorria as fileiras, coronel verificando a correção dos uniformes.

— Mas principalmente, de hoje para amanhã, não fiquem dez horas com o nariz colado nas revisões de matemática. Distraiam-se, de preferência. Pensem em outras coisas. De qualquer maneira, da véspera para o dia, não adianta nada estudar. A memória se fixa antes, através do sono. Eventualmente, abrir um ou dois cadernos para se garantir, mas em geral o jogo já está feito. O que vocês têm de fazer é se concentrar no básico: chegar na hora, ou mesmo um pouco mais cedo para ter tempo de localizar a sua sala e o seu lugar, levar todo o material. E, principalmente, dormir bem. É muito importante dormir bem. Dormir bem é cinquenta por cento do trabalho.

¤

Assim que foi permitido, dois terços se levantaram ruidosamente. Mochila pronta havia muito tempo, afluíram todos ao mesmo tempo para depositar a folha anônima. Ficaram apenas Jie, Jiajia, Xiawen, Alexandre e Liquiao, debruçados sobre as calculadoras, tentando novas combinações de figuras sobre as folhas de rascunho rosa, indiferentes aos gritos no corredor dos alunos liberados. Depois, Alexandre saiu.

¤

Angélique tinha vestido o blusão grosso, mas antes fez um desvio até a minha mesa, acompanhada de Camille, um pouco atrás.
— Prô, eu não vou entregar a redação para depois das férias.
— Ah? E por que não vai entregar?
— Porque, na realidade, eu não vou estar aqui no início das aulas.
— Ah? E por que não vai estar aqui?
— Porque, na realidade, vou terminar a sétima em outro colégio.
— Ah? E para onde você vai?

— Pro noventa e quatro*.
— Ah? E por que você vai para lá?
— Por causa de minha nova família de acolhimento, ela mora lá.
— Bem.
— Por isso, não vale a pena fazer a redação.

Camille escutava com ares de condolências. Qualquer coisa que eu dissesse seria em vão.
— Bem, boa sorte daqui para frente. Espero que você passe de ano.
— Obrigada. Até logo.

Ela se afastou, carregando a mochila que lhe batia no meio da coxa e que eu não voltaria mais a ver.

◘

Dois dias depois do simulado, eles não estavam mais dispostos a trabalhar. Parabenizando-me interiormente por minha capacidade de reação, propus um tempo de expressão livre, precedido de dois minutos para pensar sobre o que gostariam de dizer ao mundo se lhes fosse dada essa oportunidade.

Mohammed-Ali foi o primeiro a se apresentar, depois se levantou para se empoleirar no estrado. Eu não havia imaginado dessa maneira, mas me retirei para o fundo da classe para escutá-lo. A pesada corrente de metal dourado brilhava contra o branco da parte superior do moletom Timberland.

— Senhoras e senhores, hoje gostaria de me dirigir em especial aos nossos amigos do Mali, que infelizmente so-

---
* Número correspondente ao estado do Val-de-Marne, na França. (N. T.)

freram uma grande derrota ontem. Uma lavada de quatro a zero para a grande equipe do Marrocos. Pois é, é assim, e todos rezaremos para que o Marrocos vença a final contra os nossos amigos tunisianos. Mas acho que os malineses não agiram bem depois dessa derrota. Até a semifinal, eles se diziam africanos, mas agora que foram eliminados da competição pela grande equipe do Marrocos, uma derrota de quatro a zero, agora que foram eliminados da competição, dizem que estão se lixando para a África e isso não é certo.

O sorriso zombeteiro não o abandonava, e suas mãos de *rapper*, espalmadas no ar, sustentavam cada segmento de frase.

– Não vou dizer os nomes, mas nessa classe tem os que se comportaram assim, e tenho vontade de dizer não sejam maus jogadores e continuem a ser africanos, mesmo se têm uma equipe mais fraca. Convido então os malineses a torcer pela grande equipe do Marrocos na grande final que nos espera sábado contra os nossos amigos tunisianos. Obrigado.

Uma parte da classe aplaudiu. Enrolando o gorro em torno do punho, Souleymane, a quem o discurso tinha sido explicitamente dirigido, balançava a cabeça com um ar exagerado de quem promete dar o troco.

– Você tem o direito de responder, se quiser, Souleymane.

– Não estou nem aí, esse bastardo pode dizer o que quiser.

Imane, que havia reservado antes seu tempo de expressão, já estava sobre o estrado.

— Posso começar, prô?
— Pode falar.
— Então...
Ela tomou fôlego e reassumiu seu ar jocoso.
— Então, eu gostaria de me desculpar, porque é verdade que quatro a zero é um pouco duro, mas quem é mais forte é mais forte, mas, apesar de tudo, eu me desculpo pelos malineses, e penso muito neles porque tamanha derrota deve ser muito dura. Ao passo que nós, marroquinos, estamos muito felizes desde ontem, é isso, boas férias para todos.

Vinte e sete

Um septuagenário sem lábios fumava, olhar voltado para o jornal pendurado do outro lado do balcão de cobre sobre o qual o garçom uniformizado havia colocado uma xícara.

– Você vai ver, o sujeito vai acabar reeleito.

– O que prova que a guerra cobra dividendos.

Lá fora, o dia amanhecendo me permitiu vislumbrar as costas de Marie e Jean Philippe, que passavam diante do açougue chinês. Dobrando a esquina, eu os encontrei empurrando a porta de madeira maciça. No pátio interno, quatro faxineiros munidos de pás empurravam os restos de neve lamacenta contra os respectivos muros. Jean-Philippe e Marie acabavam de entrar na sala onde Valérie estava por conta de seus e-mails e Gilles, da impressora avariada.

— Oi.
Julien entrou, o rosto bronzeado, exceto em torno dos olhos. Gilles tinha o rosto bronzeado, exceto o próprio rosto.
— Você não pode imaginar como me enche ter que voltar aqui.
— É duro, hein?
— Eu não acredito!
— Comigo é a mesma coisa.
Line dormia em pé sob a mulher de sombrinha.
— Puxa, como era bom poder dormir até tarde.
— Eu não acredito!

◻

Dico relutava em subir as escadas atrás dos outros.
— Prô, não dá para trocar de classe?
— Não.
— Essa é podre.
— Você está nela, é por isso.
— O senhor também está.
— Ande depressa.
O grosso da tropa esperava diante da sala de física. Frida contava uma história que embevecia algumas meninas à sua volta.
— Ele me chama, me diz posso passar na sua casa, estou numa pior. Respondo não sou tapa-buraco, você só tem que
— vamos, vamos entrar.
Souleymane entrou encapuzado.
— Souleymane.
Ele se virou para mim, me viu apontar para a minha cabeça para me referir à dele, esperava apenas por esse sinal.

– O gorro também, por favor.
Escrevi no quadro o nome do romance que deveriam comprar e, embaixo, o nome do autor.
– Esse aí é um escritor francês. Hum, na verdade não, é belga, mas, bem, ele viveu principalmente na França.
Mão levantada, Dounia esperou pacientemente que eu lhe desse a palavra.
– Quer dizer que é uma tradução?
Ela estava orgulhosa da palavra tradução, aparentava certa satisfação por tê-la pronunciado.
– Bem, na verdade não, porque, como você sabe, os belgas em geral falam francês. A metade mais ou menos. Há, de um lado, os valões e, de outro
Khoumba se ergueu diante dos flamengos.
– Eu não vou comprar esse livro.
Fiquei mudo um segundo.
– Muito bem, você recuperou a sua língua?
– O suficiente para dizer que não vou comprar esse livro.
– E por quê, pode-se saber?
– Não sei, só não vou comprar.
– Você sai.
Ela se dirigiu imediatamente para a porta, o que colocou a bola no meu campo de defesa.
– Da próxima vez, você pedirá a palavra para agredir as pessoas.
Ela ficou plantada no mesmo lugar e me enfrentou.
– Eu agredi quem?
Adidas 3, Djibril arbitrou o contencioso, *tipando* para ela.
– O senhor viu, prô, como ele *tipou* para mim?

— Ah vai, eu não *tipei*. Tsss.
— Sim, você *tipou*.
— Eu não *tipei*, tô cagando e andando para você.
— Prô, o senhor deixa ele falar assim comigo e eu que falei do livro é que saio?

Eu havia cruzado os braços e feito cara de quem dormiu bem e espera tranquilamente que as coisas se arranjem por si. Meu tom desmascarou meu nervosismo.

— Não estou nem aí para as suas histórias. Só quero que você saia e não quero ouvir que livros são caros para quem come *kebab* todos os dias.

Ela estava com uma das mãos na maçaneta.
— Eu não gosto de *kebab*.
A porta bateu no *kebab*.

◻

Notei que Mariama tinha derreado na cadeira, abatida ou fingindo estar abatida, o que dava no mesmo. Entretanto, esperei um pouco para verificar, pois corria o risco de romper a calma milagrosa desse fim de tarde. Foi ela que tomou a iniciativa, aproveitando que eu estava inclinado sobre a folha de exercícios de sua vizinha.

— Prô, eu poderia falar com o senhor depois?
— Sim, sim, claro.

Tendo esperado o sinal, depois a revoada de seus colegas, ela se aproximou da mesa como uma menininha que não acha mais sua casa. Às primeiras palavras, as lágrimas brotaram como pérolas de suas pupilas negras.

— Prô...

— Vamos, pode falar, estamos aqui para isso. Suas bochechas tremiam sob o peso do choro iminente.
— Eu estou perdida.

Celular pendurado no pescoço, e seus olhos eram agora verdadeiras fontes.

— Como assim, perdida?
— Eu não entendo nada.
— Em que você não entende nada?
— Em tudo. Não entendo nada do que estamos fazendo.
— Em francês, nem sempre você me dá essa impressão.

Com uma das mãos, ela mexia no celular; com a outra, enxugava o fluxo contínuo de lágrimas.

— Às vezes eu consigo, mas senão eu não entendo nada.

Ela estava de pé e eu, sentado.

— Sabe, não é assim tão sério não entender tudo. Ninguém entende tudo, sabe. Até eu, às vezes, compreendo só em parte o que digo.

Ela não riu.

— O macete é fazer o máximo que puder, e depois a gente vê.

Ela parou de chorar, minha voz era a de um médico que tranquiliza um hipocondríaco realmente doente.

— O importante é dar atenção à orientação. Você tem dado?

Ela aspirava pelo nariz o resto das lágrimas.

— Sim, eu marquei um encontro com a orientadora.
— É o mais importante. Estar certo de escolher bem o que se quer. Escolher bem o que se quer em relação ao que se pode. Certo?

Ela se assoou ruidosamente. Eu não teria apostado que ela tinha consciência de que estava socialmente perdida. Ela colocou sobre os ombros uma mochila que parecia carregada de pedras tumulares.

– Mas se eu quiser fazer um primeiro ano geral, não vale a pena procurar o que quer que seja.

– Sim, mas se de alguma forma você não puder fazê-la, é preciso prever a situação e se informar sobre uma boa orientação profissional.

– Eu não quero fazer o ensino profissionalizante.

– Sim, mas é no caso de.

– Certo. Obrigada, prô.

¤

Antes de passar a palavra à orientadora educacional, o diretor queria voltar rapidamente aos resultados do simulado.

– Antes de passar a palavra à orientadora educacional, gostaria de voltar rapidamente aos resultados do simulado.

Os retardatários ocupavam sem fazer barulho as cadeiras vazias ainda em maior número e que assim ficariam, apesar do reequilíbrio progressivo.

– Devo dizer que fiquei um tanto decepcionado. Vocês precisam entender que os simulados não foram criados para desencorajar, mas para servir de referência. Mas é verdade que há motivos para desanimar. Matemática, por exemplo, é bastante preocupante. E nisso eu acredito que haja uma questão de bloqueio. Bloqueio psicológico. Caso contrário, não se justifica. Vocês não podem se desesperar diante de um exercício de matemática. Vocês têm que ficar calmos, usar o tempo para ler tranquilamente as perguntas. Muitas vezes, metade da resposta está na pergunta.

Ele fez uma pausa, procurou as palavras, limpou a garganta, tossindo, o inverno não se desarmava.

— Minha convicção é que repetir, na oitava, é contraproducente. Há lugar para cada um de vocês no Ensino Médio. Seja no ensino geral, seja no técnico, seja no profissionalizante, há lugar para todos.

Eu não acompanhei o resto da intervenção. Duas fileiras à frente eu acabava de reconhecer o homem de um braço só, ao menos aquele que eu identificava como tal, pois dessa vez não lhe faltava nenhum braço. Ele não perdia uma só palavra do preâmbulo, concordando às vezes com a cabeça. Alguns minutos depois, ele abotoou o casaco, depois me olhou fundo nos olhos e desapareceu pela porta de folhas duplas abertas. No mesmo instante, apareceu uma cabeça branca, depois um corpo de terno grudado nela. O diretor o pressentiu numa virada maquinal de corpo, sorriu, fê-lo entrar e apresentou-o como o diretor de um colégio profissionalizante de um bairro vizinho. Mais tarde, desfiou um a um os diplomas técnicos oferecidos no estabelecimento sob sua responsabilidade.

◘

Jacqueline tinha ficado nervosa.
— Eu fiquei nervosa, eu fiquei nervosa. Quando revi o assunto depois, com calma, eu sabia fazer tudo, mas diante da prova, perdi completamente a capacidade.

Danièle também tinha ficado nervosa na vez dela.

— O concurso interno é uma armadilha. Você saiu do circuito, não está mais acostumada.

Por medo de se sentir medíocre, Line adiava de ano para ano o momento de enfrentá-lo e mudou de conversa.

— Nossa, como ele é estudioso!

Confirmei com um sorriso amarelo e depois me concentrei nas minhas tesouras.

— Mariama fez mais uma vez das suas.

Só poderia ser Jean-Philippe, reconhecendo-me de costas. Eu me virei, ele estava de pé sob os nenúfares pintados de azul.

— Quinta-feira passada, ela começou a caçoar de novo das chinesas de sua classe.

— Ah?

— Ela fazia uns barulhinhos como quando se quer imitar os chineses.

Tesouras no ar, sentei de lado na cadeira, ele mordeu uma bala de alcaçuz em substituição à nicotina.

— Ela não para de fazer isso, desde o início do ano é assim.

— Sim, sim, também notei isso.

Géraldine voltava da administração com um estoque de copinhos embalados.

— Alguém tem troco para cinco euros?

Jean-Philippe pôs a bala de alcaçuz entre os lábios para tirar uma moeda do bolso de seu jeans.

— Para piorar, as chinesas não se esforçam muito.

Géraldine tirava os copinhos de seu invólucro de celofane.

☐

— No fim do capítulo, pode-se dizer que é como uma ressurreição. Como a de Jesus.

A indiferença era geral, com exceção de Dounia, que tinha lido o livro e havia me dito que havia muitas descrições.

— Maria, você pode explicar o que é ressurreição?

Mohammed, *District 500*, respondeu em seu lugar.

— É quando, tipo assim, um jogador perde três jogos e de repente começa a ganhar.

— Prô, faz muito tempo que o senhor tem um dente de prata?

Fileira da esquerda, primeira carteira. Dico tinha em mente infernizar todo o sistema escolar.

— Não vejo relação com ressurreição. Se ao menos você soubesse o que é, mas nem isso.

— Eu sei, sim.

— Então?

— Não estou com vontade de dizer.

— Sabe que estou reunindo elementos sobre você para mover um processo de expulsão?

— Estou me lixando pro seu processo.

Sinal, pássaros, Fortunée e Amar saíram correndo um atrás do outro sob os gritos de Souleymane, cujo gorro havia sido tirado por Djibril, que o passou a Kevin, que o jogou atrás do armário, e Souleymane disse prô, meu gorro está atrás do armário.

— O que você quer que eu faça?
Khoumba se eclipsou, boca fechada, Mariama esperava Dianka, que digitava em seu celular com o polegar, Mohammed ainda estava sentado, terminando de copiar a aula sem entendê-la, Alexandre o esperava, Souleymane escorregava um braço atrás do armário fazendo careta, rosto colado na divisória, Frida desenhava um coração na vidraça embaçada, Dico aproximou-se.
— Prô, por que os professores querem sempre se vingar?
— Em quem você está pensando?
— Quando o senhor diz que está preparando um processo contra mim, isso é vingança.
— Trata-se de disciplina, é bem diferente.
Sempre o mesmo, ele não me olhava, movimentando a perna em círculos no mesmo lugar, cada réplica ameaçava ser a última.
— O senhor se vinga porque ficou com muita raiva quando eu respondi pro senhor na frente da classe, é isso.
— Quando um juiz manda prender alguém, não é por vingança, é para que a sociedade funcione.
— O senhor não é juiz e o senhor se vinga.
Dizendo isso, ele fez meia-volta em direção à porta, me deixando com uma raiva danada.
— Prô, o senhor viu meu gorro, está todo empoeirado, isso não se faz.
— Acho que o melhor seria não trazê-lo mais.
Ele enfiou o gorro na cabeça murmurando um *rap*. Nada a construir, nada a quebrar, o que é que me resta fora minha alegria.

Eu havia pedido a seis alunos do grupo auxiliar de trabalho pessoal que listassem cinco palavras de significado desconhecido que tivessem encontrado durante a semana. Sucessivamente, eles fizeram uma coluna no quadro. Nassanaba escreveu simular, objetar, balbuciar, extraviar-se, ultrapassar.

– Só verbos?
– Não está bom?
– Sim, sim.

Feiosa, Sofiane escreveu: saltimbanco, idôneo, sugerir, demente, contracepção. Mody: sideral, galáxia, big-bang, cometa, salsifi. Katia: metamorfose, fraternidade, estimulador, megalomania, *flash-back*. Yelli: dote, usurária, relatar, rapina, requisitório. Ming: austríaca, bronze, meridional, megalomania, gabarito. Pegando as listas uma a uma, perguntei se eles conheciam algumas das palavras selecionadas pelos outros. Não havendo, expliquei todas, exceto austríaca, que os não chineses conheciam. Virando-me para Ming, disse-lhe que austríaca era de fato bastante conhecida, mas que, bem, na verdade era um país pequeno, que ninguém se importava muito com os austríacos. Mesmo assim, você conhece o país chamado Áustria, Ming?

– Não.

– Bem, francamente, não é preciso esquentar a cabeça com isso, porque em linhas gerais é um país que não tem nenhuma importância no mundo, nem mesmo na Europa. Alguém aqui conhece um austríaco célebre?

Nenhuma mão levantada, assunto encerrado.
— Pois é, era o que eu estava dizendo. Se uma bomba riscasse a Áustria do mapa, ninguém perceberia.

¤

Ao lado de Mezut, que choramingava por não sei o quê, Salimata mostrou seu pulso sem relógio para Abderhammane na fileira oposta. Ele achatou as mãos sobre um vidro imaginário, dobrando um dedo. Eu não tinha dormido bem, hesitei, depois falei antes de agir energicamente:
— Salimata, se você quer saber as horas, pergunte a mim.
Ela enrubesceu antecipadamente por sua audácia.
— Que horas são, por favor?
Ndeyé riu, *Jamaicans Spirit* atravessado em seu moletom verde e amarelo.
— Você está rindo da insolência da sua colega, Ndeyé?
— Não estou rindo dela, prô.
Com uma olhadela involuntária, ela designou Bien-Aimé, cuja caneta havia vazado em seu blusão 89.
— Prô, posso pedir um lenço?
— Quem tem um lenço para Bien-Aimé?
Fayad se levantou para passar o lenço de papel que Ming havia estendido no ar.
— Deve pedir licença antes de levantar, Fayad.
Ele se sentou.
— Posso me levantar, prô?
— Bem, agora sim.

Ao passar, ele tropeçou na sacola de Tarek e se reequilibrou se apoiando nos ombros de Indira, ao lado de quem Abdoulaye nunca perde a ocasião de se sentar, que disse
— ah, depravado, como se aproveita!
Alyssa não riu em uníssono com os outros, porque alguma coisa a atormentava.
— Prô, por que se diz imperfeito do indicativo? Por que se diz: do indicativo?
— Devolvo a pergunta. Por quê?
Dessa vez, o lápis não sobreviveria ao ataque dos caninos.
— Vocês ouviram? Por que "do indicativo"? Sim, Bien-Aimé, pode falar.
— Prô, continua vazando. Posso ir ao banheiro?
— Vá ao banheiro, vamos acabar com isso. Então, vocês? Por que "do indicativo"?
Voltando ao seu lugar, Fayad tinha apanhado o corretor de Hadia, cabelos presos com bandana, e agora o fazia escorrer sobre o caderno de Demba.
— Pois bem, se especificamos "do indicativo" é para não confundir com outro imperfeito, qual é esse outro imperfeito?
Abderhammane tirou o relógio para colocá-lo diante dele, apoiado sobre o estojo, depois disse
— Imperfeito do subjuntivo.
— Certo. E o que é o imperfeito do subjuntivo?
Eles não sabiam. Expliquei. Escrevi. É preciso que eu vá, era preciso que eu fosse. Eles exclamaram opa, os velhos tempos.

– Bem, é verdade que ninguém liga muito para o imperfeito do subjuntivo. Vocês vão encontrá-lo nos romances e, ainda assim, não com muita frequência. Na fala, ninguém usa. A não ser os muito esnobes.
Hadia, cabelos presos com bandana, perguntou
– O que é esnobe?
– São pessoas, sabe, afetadas.
Na falta de palavras, eu fazia mímica mordendo os lábios, endireitando as costas e esticando o pescoço.
– Entendeu ou não?
O ponto de interrogação que percorreu o rosto de Alyssa se transformou em flecha decidida a rasgar o céu.
– Quer dizer, se a gente usar, todo mundo vai dizer uhu, o que esses aí estão fazendo? São doentes ou o quê?

¤

Souleymane entrou encapuzado.
– Souleymane.
Ele se virou para mim, me viu apontar para a minha cabeça para me referir à dele. Imitou-me literalmente.
– O gorro também, por favor.
Enquanto isso, Michael, por iniciativa própria, havia desfeito o binômio com Hakim, instalando-se sozinho no fundo da sala.
– Michael, aprovo inteiramente essa iniciativa que tem por objetivo, estou certo, ser mais comportado. Estou enganado?
– Não, prô.
A classe morria de rir. Hinda baixava a cabeça constrangido sobre a mesa diante dele, escondendo o rosto que se parece não sei mais com qual.

— Não há outra razão, certo?
— Não, não. É para eu parar de conversar.
Hinda não havia levantado a cabeça, até agora.
— Por exemplo, você não vai amolar Hinda, certo?
Ele disse não com uma inflexão de evidência, prolongando a vogal. Hinda olhava para as unhas. Sandra estava ligada ao seu gerador integrado portátil.
— Prô, podemos falar dos atentados?
— Para dizer o quê?
— Não param de dizer que são os muçulmanos, mas na verdade ninguém tem certeza.
— No entanto, há grandes chances, não?
Mohammed-Ali e Soumaya subiram pelas paredes, misturando vociferações.
— Por que dizem que são os muçulmanos? Enquanto não tiverem provas, eles têm mais é que calar a boca, é isso, não tem outro jeito.
— E então, o que isso muda?
Mohammed-Ali havia escapado do pelotão vingativo.
— O que muda é que ninguém sabe.
Soumaya voltou ao mesmo disco.
— Até o 11 de Setembro, ninguém sabe.
Imane entrou na conversa.
— Eu fiquei contente no 11 de Setembro. Contente de poder lutar.
— Três mil mortos e você ficou contente?
Mohammed-Ali recomeçou.
— Eh, prô, tem que ver também todos os mortos que os americanos fizeram na Palestina e tudo.

— Sim, enfim, admito, mas não podemos ficar eternamente na espiral da vingança.
— Mas os americanos matam os muçulmanos, é normal os muçulmanos se defenderem.
— Mesmo matando qualquer um?
Zunzum contraditório, mas eu só ouvia a mim mesmo.
— É isso, eu me chamo Pepita, tenho vinte e quatro anos, moro na periferia de Madri. Tenho dois filhos pequenos, trabalho em Madri, então me levanto às seis horas para pegar o trem. E acontece que no ano passado eu também me manifestei contra a guerra no Iraque e contra o meu governo, aliado dos americanos na invasão ilegal de um país. Então, como todas as manhãs eu pego o trem, penso em tudo isso, nos meus filhos, na guerra e tudo o mais, e bum, estou morta.

Como num passe de mágica, minhas palavras tinham fabricado silêncio. Embriagado por esse triunfo, continuei:
— Igualzinho a mim. Acontece que sou um pouco como Pepita, pego o metrô de manhã, pego até três para chegar aqui, e acontece que também sou contra a lei da burca. Ora, parece que tem uns sujeitos que querem explodir bombas na França para derrubar essa lei. Essa é a questão, vou morrer numa explosão por causa de uma lei que não cauciono. Legal, não?

A magia durava. No silêncio, a voz de Sandra soou estranhamente. Excepcionalmente doce. Desligada. Acústica.
— O que quer dizer "caussono"?
— Caucionar significa estar de acordo, aprovar.
— Sim, mas se os franceses não dizem que não aprovam, é como se estivessem de acordo. O senhor disse que não está de acordo?

— Mais ou menos.
— Mais ou menos quer dizer que ninguém ouviu o senhor e então os muçulmanos não podem saber.

◘

Na minha qualidade de professor coordenador
— Vou acompanhar vocês ao museu na quinta-feira. Não é preciso dizer que devem anotar esse passeio e trazer assinado pelos pais.
Love Me Tender bordado no pulôver, Frida franziu as sobrancelhas inteligentes.
— Sim, Frida?
— Prô, eu não entendi o que o senhor disse.
— Bem, é muito simples, vamos ter um passeio.
— Mas o senhor disse uma coisa que eu não entendi.
— Eu disse que vamos ter um passeio, é isso.
— Mas o senhor disse que não é preciso dizer não sei o quê.
— "Não é preciso dizer"?
— É isso.
— "Não é preciso dizer" quer dizer que não vale a pena dizer porque é evidente.
Ela fez uma careta, como se sentisse mau cheiro.
— É estranho.
— É estranho, mas quer dizer apenas que é evidente que você deve prevenir seus pais.
Fileira da esquerda, primeira carteira, Dico nunca decepciona.
— Posso levar um amigo?

Fingi não ter ouvido.
— Prô, podemos levar um amigo?
— O que foi que eu disse no início da aula? Tempo perdido.
— Estou fazendo uma pergunta, só isso.
— O que eu disse no início da aula? Eu havia dito que, na primeira gracinha, ele sairia.
— Mas é só uma pergunta, só isso.
— OK. Você sai.

Ele conhecia o caminho e dez segundos depois a porta bateu atrás dele, ele começou a fazer ruídos com a boca através da grade de ventilação. Irrompendo no corredor, eu o apanhei em flagrante delito.

— Vamos, rápido, você me acompanha até a diretoria.

Ele me seguiu pela escada, reservando entre mim e ele uma zona franca de três metros que se tornou ainda maior no pátio interno.

Na entrada da diretoria, eu o empurrei pelas costas para que avançasse.

— Não me empurre, por que o senhor está me empurrando?

— Ande e cale a boca.

O diretor estava no computador. Ele se virou ao meu chamado sem preâmbulos, tão amável quanto possível.

— Lamento incomodá-lo novamente, mas Dico aprontou mais uma vez.

— Certo, vou cuidar disso.

Ele encarou Dico.

— Sente-se.

Dico afundou na cadeira estofada. Eu não olhei mais para ele.

— Se ele não escrever um pedido de desculpas, não vou aceitá-lo amanhã. Não vai demorar para eu pedir a expulsão dele.

— Nesse caso, será necessário um boletim de ocorrência.

— Muito bem, entrego no fim da manhã. Sinto muito, realmente.

◘

O dragão da camiseta de Léopold cuspiria fogo se o irritassem.

— Você não está com a aparência nada boa, caramba! Tez pálida, olheiras, pelos revoltos em torno da boca, costeletas desiguais, Gilles, de fato, não estava com boa aparência.

— Está assim tão na cara?
— Sim, e como!
Tez pálida.
— Eu tive uma espécie de indisposição na sexta-feira.
— Não!
Olheiras.
— Estava de pé, no quadro, e de repente minhas pernas amoleceram. Mal tive tempo de me apoiar na mesa.
— Os alunos ajudaram você?
Pelos revoltos.
— Sim, eles se levantaram para me segurar pelos braços, para eu poder me sentar.
— Você deveria ter pedido uma licença.

Em torno da boca.

— Não sei, isso tudo é muito chato. Mesmo estando presente o tempo todo, o resultado do simulado foi lamentável.

— Você não deve se sentir responsável.

Costeletas desiguais.

— Além do mais, recebi minha nota administrativa, isso me deixou completamente deprimido.

Claude esfregava uma moeda de cinquenta centavos na perna para conjurar sua ineficácia. Introduziu-a delicadamente na máquina, como se não quisesse acordá-la, ela reapareceu embaixo.

— Merda.

Gilles maquinalmente lhe estendeu uma moeda de mesmo valor.

— Desculpe, mas você está aqui, no mínimo tentando fazer bem o seu trabalho, e os outros, lá em cima, que não percebem nada do que você faz, simplesmente te dão uma nota de merda, isso me deixa deprimido.

Sentada no canto do salão, Sylvie estava grávida.

— Acho que Moussa está deprimido.

Rachel tinha três filhos, dos quais uma menina.

— Ah é?

— Sim. Durante as minhas aulas, ele dorme o tempo todo.

Bastien não estava grávido porque é homem.

— Sabe, é natural, o pai dele sofreu um acidente de moto no ano passado. Foi barra. Seis meses de hospital, uma coisa assim. Agora está numa cadeira de rodas.

— Ah é, Moussa fez uma redação sobre deficientes.

Por uma questão de atitude, Claude desmontava a máquina de café.
— Alguém teria dez centavos?
Sylvie tinha dez centavos, mas nenhuma vontade de cedê-los. Bastien continuava concentrado na sua ideia fixa tanto quanto no seu biscoito.
— Não, imagine! O pai a duzentos quilômetros por hora numa moto e paf no muro, o garoto não pode mesmo estar bem.
— Acho que é por isso que ele está deprimido.
Tendo montado novamente a máquina, Claude pensou em outra bebida e devolveu a moeda a Gilles.
— Você não está com uma aparência nada boa, caramba.
Rachel se aproximou do armário de onde eu havia acabado de tirar metade de uma folha recendendo à laranja.
— Você está lembrado de que vamos ao museu depois de amanhã?
— Sim, sim.
Professor, peço desculpas por ter perturbado sua aula e peço igualmente que me perdoe. Prometo me esforçar, tanto nos estudos quanto no comportamento. Dico.
— O que é isso?
Bastien não estava nem aí para o que fosse, mas queria falar a respeito. Eu lhe estendi a meia folha. Algumas migalhas de biscoito caíram em cima dela, depois, deslizando pelo quadriculado, se precipitaram no vazio para aterrissar sem barulho no linóleo.

Xiawen tinha um colar com pequenas cruzes. Comecei a contagem, logo interrompida por um movimento da proprietária em direção ao seu vizinho Liquiao para alcançar o dicionário francês-chinês que ela rapidamente folheou com uma das mãos, como um profissional que folheia um maço de notas. Acordei.

— Bem, vocês tiveram bastante tempo para pensar. Quero duas razões pelas quais é complicado falar da nossa vida.

Três mãos se levantaram.

— Só três têm alguma ideia? Não é muito em vinte e cinco. Quanto representa três em vinte e cinco?

Três mãos que se abaixam, duas que se levantam. Restam duas.

— Sim, Jihad?

— Eh, um quarto.

— É isso, você está certíssimo, três vezes quatro igual a vinte e cinco, enfim, passemos adiante. Duas razões que tornam complicado falar da nossa vida, estou esperando.

Três mãos se levantaram.

— Sim, Maria?

Jamaica.

— Porque pode deixar nossos pais tristes.

— Sim, exatamente. E em geral a todas as pessoas próximas ou, então, a todas as pessoas envolvidas. Que outra razão? Dounia.

Cabelos sob bandana preta

— Não dá dinheiro, necessariamente.

— Sim, está certo, mas não tem relação direta com o assunto. Frida, sua vez.

Cabelos sob lenço vermelho.

— Não sei se está certo.

— Pode falar.

— Mas não sei se está certo.

— Pode falar.

— Bem, porque a gente fica constrangida, também.

— Ah, explique isso.

— Eu não sei como explicar. Tipo assim, às vezes a gente faz coisas de que tem vergonha.

— Muito bem. É interessante, a vergonha. Todos nós fazemos coisas de que nos envergonhamos. Me dê exemplos de coisas que poderiam causar vergonha.

Eles encontraram sem procurar, mas riam de lado em vez de se manifestar publicamente.

— Eu não estou pedindo um exemplo relacionado necessariamente com vocês. Me deem exemplos de coisas em geral, que poderiam causar vergonha.

Eles trocavam olhares compreensivos, tapavam o nariz como se tomados por lembranças malcheirosas.

— OK, se ninguém quer falar, vou contar uma coisa. Silêncio de ouro.

— Eu tinha doze anos, acho, e nessa época eu era muito adiantado, ao menos para certas coisas, para algumas sim, para outras não, e todas as manhãs eu me encontrava no pátio com três meninas e dois meninos, éramos um grupo pequeno, como esses que vocês formam no pátio, bem, e entre essas três colegas tinha uma com quem eu fiz certas coisas, acho, mas a rigor esse aspecto não tem importância, e uma manhã eu cheguei, ela não estava lá, e então uma das duas outras meninas disse que era natural, afinal no dia anterior elas tinham se falado e ela tinha dito que estava com cólicas, então o outro menino disse ah ela está menstruada? e a menina disse você entendeu tudo, e eu disse o que é menstruada? então eles olharam um para o outro, com cara de quem diz quem é esse caipira? E é isso, todas as vezes que penso nisso, sinto vergonha. Quando, na verdade, não deveria. Não tinha por que me envergonhar.

¤

A guia ia alguns metros à frente do grupo, depois parou junto de um caixão de madeira e metal, com reentrâncias cobertas de espelhos que refletiam uns nos outros.

– O nome desta obra é *O infinito materializado*. O que esse título evoca para vocês?

Nem os que haviam chegado primeiro ao caixão nem os retardatários responderam.

– Vocês não acham estranha uma expressão como "infinito materializado"?

Nem aqueles que tinham acabado de chegar.

– Vocês acham que essas duas palavras combinam, infinito e material?

Sem entender, Jihad compreendeu pela entonação que não e sussurrou um não de que a guia se serviu para continuar.

– Não, é claro, porque o mundo material, por definição, é finito, no sentido contrário a infinito. O infinito, inversamente, é associado ao espiritual, ao que não é material.

Entre as paredes contemporâneas, sua voz ressoava.

— Ora, esse artista reuniu as duas noções num mesmo título e, principalmente, num mesmo objeto. Como ele chegou a isso? Nem Djibril, que tinha se afastado e só agora nos alcançava.
— Olhem bem as paredes internas. De que são feitas? Jihad, que se olhava nelas, disse
— Espelhos.
— Muito bem, são feitas de espelhos, e é como se o artista tivesse construído o infinito pela matéria, na matéria, no interior da matéria.

◻

Sob sua gravidade afetada, Sandra sorria.
— Professor, Souleymane é seu aluno?
— Sim, na oitava A. O que é engraçado?
— O senhor sabe o que ele aprontou para Hinda?
Respondi não com um franzir de testa. Suas mãos viradas para cima seguravam as bordas da minha mesa.
— O senhor não está sabendo?
— Não.
— Fez ela sangrar.
— De propósito?
— Sim, ele quis fazer o tipo eu me vingo porque pensou que Hinda estava caçoando dele, mas na verdade não estava.
Os outros demoravam a se sentar, abriam as janelas argumentando que aqui dentro cheira mal. Hinda efetivamente não estava presente. Levantei a voz para ser ouvido por Sandra.

— E como ele a fez sangrar?
— Ele cortou essa coisa aqui.
Um dedo entre a têmpora e o olho.
— O supercílio?
— É isso.
Ela mantinha certas reações em fogo brando, mas fervia para reavivá-las.
— Escute, tenho a impressão de que o caso é muito grave, então não entendo por que você está rindo.
— Eu não estou rindo.
— Uma boa surra dá uma animada na escola, hein?
Ela colocava um pé sobre o estrado, depois no chão, o que descobria e escondia alternadamente seu umbigo.
— Mas tinha sangue por toda a parte, foi horrível de se ver, juro pela minha mãe.
— Viu? Está dando risada.
— Francamente, foi horrível de se ver.
— OK, vá se sentar.
A aula terminou, eu perguntei por que escrever sobre a sua vida? Eles responderam é para aparecer, eu não tinha dormido bem, então disse a vida das pessoas que resolvem contá-la não é necessariamente brilhante, eles disseram eles podem mentir e inventar, eu disse certamente, eles disseram de qualquer maneira a gente tá pouco se lixando que eles contem a vida deles, eu disse é interessante, porque pode ser parecida com a nossa, e mesmo que não sejam, fica ainda mais interessante, documentar a vida é história, na realidade, contar a nossa vida é justamente contar a vida, percebem? Eles disseram, mas o que vamos fazer com tudo

isso? E desapareceram assim que o sinal tocou, como uma revoada de pardais atraídos por migalhas mais apetitosas. Sandra deu uma volta pela sala.

— Prô, o que eu contei pro senhor é verdade.

— Eu acredito, mas pare de rir.

— Eu não estou rindo, Souleymane vai passar por um conselho disciplinar.

— Ah?

— Bem, sim, normal.

¤

Chantal, Jean-Philippe, Luc, Rachel e Valérie tinham se espalhado em volta da mesa oval para o conselho de classe. Professora coordenadora, a primeira dirigia os debates.

— Sonia, o que é que você acha?

— Puf!

— Ela não sorri, é estranho.

— Eu acho que é mais por timidez.

— Sim, mas no ano passado ela não estava assim, ela sorria.

— O que é que eu ponho como avaliação geral?

— Puf, puf.

— Ponho médio, no conjunto?

— Sim.

— OK. Youssouf?

— Ah, esse aí.

— Como é com ele?

— Bem.

— E com você?

— Limite.
— Não, com ele tudo bem.
— Ele precisa ficar isolado, só isso.
— Nas aulas de reforço, ele é um saco.
— Em resumo, entre nós, quem é que ele incomoda, de fato?
— A mim.
— A mim.
— A mim, ele me irrita.
— Enquanto você não dá um basta, ele não se acalma.
— Indisciplinado, na realidade?
— É isso, indisciplinado.
— OK, muito bem, aluno indisciplinado deve mudar de comportamento. Passemos a Aghilès.
— Ah, esse aí.
— Como ele é agressivo!
— Ponho aluno agressivo?
— É um pouco pesado, agressivo.
— Não podemos pôr? Se ele é agressivo, vamos escrever agressivo, senão...
— Não, o que você pode escrever é "às vezes demonstra agressividade".
— Bem, está certo, vou escrever isso. Vamos rápido, passemos a Yann.
— Ah, esse aí.
— Ah, mas já faz algum tempo que ele está um pouco menos tagarela.
— É o que você pensa, ele tagarela um pouco menos por causa da aproximação do conselho de classe, só isso.

— Você acha?
— Espera só para ver.
— Então ponho muito tagarela. E os estudos?
— Que estudos?
— Ele não faz absolutamente nada.
— Estudos tão diminutos quanto o tamanho dele, é o que você deve pôr.
— Vocês sabem que apelido deram para ele?
— Não, qual?
— Mimi Mathy.
— Quem é Mimathy?
— É muito engraçado, dito assim.
— E verdadeiro.
— Quem é Mimathy?
— Uma atriz anã.
— Ah, entendi.
— Passemos a Nassim.
— Opa, esse aí.
— É de longe o mais irritante.
— Ponho não para de tagarelar?
— Ele está sempre irrequieto.
— Ponho não para de tagarelar?
— Tagarela e irrequieto.
— Ele melhorou um pouco, não?
— Não mesmo, muito irrequieto.
— Um tantinho comigo.
— Você pode pôr tagarela, irrequieto e não melhora.
— O que posso escrever é tagarela e irrequieto e pode melhorar.

— Não, tem que pôr alguma coisa mais forte do que pode melhorar.
— Eu acho que esse sujeito estraga a turma.
— Justamente, quanto à classe como um todo, o que escrevo?
— Tagarela.
— Sim, principalmente isso, tagarela.
— Vocês concordam com classe que não estuda o suficiente e fala muito?

¤

Feiosa, Sofiane demorava a sair. Acabei deixando Arthur e Gibran entrar para a aula seguinte. Com um movimento de ombros, eles largaram as mochilas na mesa, rindo de não sei o quê. Ao passar, Sofiane jogou no cesto uma caneta que estava vazando, que me inclinei para pegar, após ela dar meia-volta. Enxuguei a caneta enrolando-a num pedaço de papel, experimentei, como não funcionava, devolvi ao cesto. A sala ia se enchendo no ritmo sonolento de começo de semana. O lugar de Hinda permaneceria desocupado, Hakim assobiava o hino nacional, Arthur, como sempre, não tinha tirado a jaqueta, Gibran também não.
— Você sabe quem foi que ganhou ontem?
Arthur não sabia, Gibran levantou a cabeça na minha direção.
— Prô, quem foi que ganhou ontem?
— Ganhou o quê?
— A política.
— Foi a esquerda.

Arthur não tinha tirado nenhum material da mochila, Gibran também não.
— E isso é bom?
— Isso cabe a cada um considerar. É o princípio do voto.
Eles sorriram.
— Sim, mas a gente não entende nada disso.
— Já é alguma coisa falar a respeito.
Sandra irrompeu na sala, trem fora dos trilhos.
— Falar sobre o quê, prô?
— Sente-se, acalme-se e eu vou dizer.
Ela se sentou, se acalmou e eu disse. Logo sua central elétrica orgânica se pôs em marcha, ela contou que tinha acompanhado o programa eleitoral com o pai, era muito bom, além do mais, não havia cenas de sexo, e no recreio seguinte Gilles estava pálido.
— A gente já se cansa o suficiente do jeito que está e ainda vêm tirar uma hora de sono da gente.
Élise aquiesceu.
— É mais uma estupidez daquelas!

◻

Hinda estava de volta. Colocando a folha de avaliação sobre a mesa, vi a cicatriz que se estendia sobre a sua sobrancelha.
— Afinal de contas, esse pequeno ferimento é charmoso.
Ela deixou escapar um sorriso, multiplicando por sete o cintilar de seus olhos e as chances de primavera.
— O senhor acha?

— Ah, sim. De verdade.
— Obrigada.
Ela se parecia com não sei mais quem.
— Você está bem, pelo menos?
Sorriso novamente, coleção primavera-verão.
— Sim, sim, estou bem.
Michael se levantou e veio até mim.
— Professor, é para copiar as instruções ou posso fazer direto?
— Mas assim não dá, não, sair do lugar desse jeito. Não estamos na primeira série, não se sai do lugar assim.
— Desculpe, prô.
Ao mesmo tempo que me olhava, deixou cair um pedaço de papel dobrado perto de Hinda, que o apanhou furtivamente. Decidi que não tinha visto nada e depois falar à parte.
— Não percam tempo para começar, vocês não vão ter muito mais do que uma hora.
Imane levantou a mão.
— Temos que contar uma lembrança real?
— Sim. Ou pelo menos verossímil. Você sabe o que é verossímil?
— Quer dizer qualquer besteira.
— Não, isso é inverossímil. Verossímil é o contrário, quer dizer que poderia ter acontecido.

¤

— Por exemplo, o vestuário. A princípio, por que se vestir? Para se aquecer e, em seguida, por pudor. Mas rapidamente as pessoas acrescentaram uma terceira motivação, quando se vestem, precisam estar bonitas, a roupa tem que corresponder ao gosto delas, ou à personalidade, ou à imagem que querem passar. Por exemplo, como chamamos os grandes costureiros ou aqueles que criam o vestuário? Eles são chamados de estilistas. Quer dizer que ser bonito do ponto de vista do vestuário é prestar atenção ao estilo, Ndeyé, cale-se. Em síntese, estilo é tudo aquilo que não é exclusivamente útil. Pois bem, na linguagem acontece a mesma coisa. Posso dizer alguma coisa me contentando com a informação que pretendo transmitir, por exemplo, eu nasci na França. Mas posso dizer a mesma coisa com estilo, por exemplo, eu nasci no país dos queijos, ou no país dos direitos humanos. Nesse caso, trata-se de estilo, mau estilo, mas é estilo. E para isso eu uso um procedimento, e esse procedimento tem um nome, Ndeyé, o que foi que eu disse? Por exemplo, quando vou ao rinque de patinação, posso me contentar em deslizar pelo gelo, como fazem todos que não são campeões. Mas os campeões, o que é que eles fazem? Eles formam figuras, *triple-flip* e tudo mais, Ndeyé, é a última vez. Dizer "país dos direitos humanos" em vez de França, isso se chama empregar uma figura de estilo, e figuras de estilo existem muitas. Essa é uma perífrase. Mas nós já conhecemos outras. Quais são as que conhecemos?

Mezut havia chorado não sei por que motivo no início da aula.

— Verbo.

— Francamente, Mezut, não acredito, você sabe muito bem que verbo não é figura. Verbo é verbo. Francamente. Não acredito.

Alyssa sabia a resposta, mas prefere as perguntas.
— Por que os franceses dizem que são o país dos direitos humanos?
— Porque é assim que se diz.
Bien-Aimé 67 me salvou.
— Prô, o senhor costuma ir ao rinque de patinação?
— Você não?
— Me dá muita pena, prô.
Sinal e os pardais em revoada deixaram à vista Abdoulaye, que solicitava uma conversa a sós.
— Professor, enquanto representante, preciso dizer uma coisa.
— Ah?
— Vários alunos me encarregaram de dizer uma coisa.
Eu pensei/desejei que eles me pedissem para pegá-los no próximo ano, na oitava.
— É para o conselho de classe.
— Pode falar.
Ele estava calmo, natural, grande elegância de malandro raçudo no moletom branco com faixas pretas.
— Eles acham que o senhor caçoa muito.
— Ah?
— Sim, na hora da convivência em classe, eles disseram que o senhor caçoa muito. Eles querem que eu diga isso no conselho de classe.
— Mas quem disse isso? Enfim, não estou lhe pedindo nomes, mas quantos são?
— Não sei, alguns.
— Mas, enfim, não é a maioria?

— Não, alguns.
— Bem.
— Até logo, prô.
— Até logo.

◻

— Já estou cheio desses palhaços, não aguento mais olhar para eles, não quero mais olhar para eles. Eles me aprontaram uma daquelas, não aguento mais, não aguento mais aturá-los, não aguento mais, não aguento mais, eles não sabem nada de nada, olham para você como se você fosse uma cadeira assim que você tenta ensinar alguma coisa, então que fiquem na merda, que fiquem nela, eu não vou mais procurar por eles, fiz o que deveria fazer, tentei tirá-los da merda, mas eles não querem e ponto final, não posso fazer mais nada, puta merda, não aguento mais olhar para eles, ainda vou bater em um, tenho certeza, eles são de uma baixeza, de uma má-fé, sempre procurando confusão, mas vão lá, garotada, fiquem no seu bairro podre, vocês vão ficar lá pelo resto da vida e vai ser benfeito, mas o pior é que eles estão felizes de ficar lá, os palhaços, vou procurar o diretor e vou dizer que não vou pegar os da oitava B daqui até o fim do ano, eles vão ter dois meses de física a menos? Imagine se eles estão preocupados! De física, eles não tiveram nem um segundo este ano, não fizeram nem um segundo, então não vão ser dois míseros meses de merda que vão fazer diferença, não é agora que eles vão começar a estudar, metade está no cio, gritando no pátio e até na classe, mas é um delírio, pode ter certeza, eles são como animais, juro, nunca vi coisa igual, não aguento mais aturá-los, não são nem as oitavas que vou pedir para não pegar, é todo mundo, é isso aí, vou procurar o diretor e vou dizer que não pego mais nenhum aluno daqui até o fim do ano, senão, eu juro, sou capaz de matar um, ele vai ficar bravo, o diretor, mas é quase uma medida de segurança, juro, alguém tem um lenço de papel?

¤

Para deixar entrar um pouco de ar, o diretor pediu que deixassem aberta a porta da sala de estudos, adaptada para a circunstância.

– Estamos reunidos aqui porque Souleymane foi chamado a comparecer ao conselho disciplinar.

O diretor ocupava sozinho o lado oposto ao de Souleymane, ele próprio ladeado por dois representantes de classe, pochete pendurada.

– Insisto no fato de que, sem querer antecipar a decisão que será tomada, toda sanção tem valor educativo. Se o conselho de disciplina solicitar hoje a expulsão definitiva, será para dar a Souleymane a possibilidade de recomeçar em outro lugar. É um favor que prestamos a ele, chamando sua atenção para as normas.

Voltou-se para o incidente. Cada um disse o que pensava. Que era inadmissível. Que era uma pena, mas inadmissível. O médico da escola fez questão de precisar que o supercílio é uma parte conhecida por sua fragilidade e que a quantidade de sangue perdido não sugeria um golpe violento. Que exigiu, de qualquer maneira, três pontos de sutura, disse Danièle. Grande cruz de metal dourado no pescoço, a educadora relatou que por diversas vezes tinha visto Souleymane demonstrar certa ética, certa retidão.

Convidado a concluir na ausência de sua mãe, Souleymane disse que não tinha nada a dizer, apenas que não tinha tido a intenção de machucar Hinda. Ele foi convidado a sair, para que pudéssemos deliberar. Letras vermelhas de *Redskins* em volta do cocar de índio nas costas do blusão.
Votamos pela expulsão.

◻

Eu havia introduzido a hora de convivência em classe para que eles expressassem suas queixas, depois expliquei o que queria dizer queixa e disse que tinham também o direito de pedir aos representantes de classe que apresentassem no conselho uma satisfação global, depois expliquei global, opondo-o a local, depois expressei, num aparte comigo mesmo, minha nítida preferência pelo segundo. Depois, não sabendo mais o que dizer, olhei a hora, no grande e ridículo relógio de pulso de Huang, e vi com imenso alívio Jiajia levantar a mão à custa de um esforço olímpico.
— Sim, Jiajia?
— O senhor "acabou falar"?
Isso foi dito com muitos gestos que tentavam içá-la para sua língua não materna.
— Você está me perguntando se ainda tenho alguma coisa para dizer?
— É isso, sim, é isso.
Para que Jiajia impusesse a si mesmo a oralidade pública, devia ser realmente alguma coisa importante.

— Não, eu acabei, eu lhe dou a palavra.
A classe ficou suspensa nesse momento raro e nos lábios de Jiajia. Laboriosamente, ela explicou que estava cheia de alguns alunos, sobretudo uma que ela não queria citar, que não paravam de aborrecê-la. Os outros riram, concordes: todos sabiam que se tratava de Mariama, que se identificou, ela própria.
— Prô, não é assim que se faz o balanço.
Ela se virou para Jiajia e assumiu a postura da cantora de *rap*, braços móveis, bordas das mãos na horizontal cortando o ar, desprezo hostil nas comissuras dos lábios puxados para baixo.
— Francamente, assim não dá, se você tem alguma coisa a me dizer, vem me procurar e assim a gente se entende, mas isso não se faz, passar pelo professor, francamente.
A classe, descontraída, exultava. Eu pedia em vão que levantassem a mão para falar, prevenia que aqueles que quisessem só falariam se levantassem a mão, ninguém queria falar. Jiajia e Mariama discutiam à parte, passando por cima da minha mediação. Zangada, Jiajia se expressava de maneira cada vez menos clara. Mariama a censurava por formar um grupo à parte com as outras três chinesas, ela disse que a outra não tinha nada a ver com isso, que ela ficaria com quem quisesse e que nunca criticou Mariama por ser gorda. Eu pensei é agora!
— Não, Jiajia, sem insultos.
Mariama fechando a cara como Obélix, entrevi uma brecha de silêncio. De Maria, que pacientemente levantava a mão, eu esperava que ela conseguisse acalmar definitivamente os ânimos.

— Sim, Maria, pode falar. Vamos ouvir Maria, por favor. Maria levantou a mão, logo ela pode falar.
— Prô, é verdade que elas formam um grupo à parte. Uma vez, no ônibus, eu perguntei a Ji se ela ia sair com Alexandre ou qualquer coisa assim, porque a gente viu os dois se falando. Mas ela respondeu não posso, ele não é da minha raça.
Jiajia teria estrangulado Maria, ela a teria estrangulado mesmo depois de morta.
— Mas esse não é problema seu, é problema dela.
As réplicas espocaram novamente e com mais força. Dessa vez, esperei que se anulassem mutuamente, e então
— eu acho que, quando recebemos as pessoas, cabe a nós nos esforçarmos duas vezes mais, porque nós conhecemos melhor as coisas e elas não, quando elas chegam, estão em desvantagem, porque têm que aprender tudo. Os pais de vocês já estiveram na posição em que estão os imigrantes asiáticos, e estou certo de que eles teriam gostado que as pessoas que estão aqui há mais tempo, pessoas como eu, digamos, tivessem se esforçado para recebê-los, se esforçado duas vezes mais do que eles mesmos poderiam fazer.
Ao dizer isso, eu me comovi, do verbo comover-se. Eles hesitavam entre o sarcasmo e a adesão. Khoumba teria dito belas coisas sobre o assunto. Mas foi Dounia que falou.
— E aqueles que deixaram o campo há três anos, o que eles devem fazer, prô? Eles devem ajudar ou ser ajudados?
— Você conhece pessoas nessa situação?
— Eu e meu irmão mais velho.

— O esforço cabe àqueles que já estão aqui, é o que eu acho.
 O belo olhar de Boubacar procurou a aprovação do meu para falar.
— Prô, isso também é difícil.
— Por que é difícil?
— Bem, é difícil, porque às vezes eles falam mal francês.

¤

O confeiteiro chamou Véronique. O confeiteiro a chamou*.
— Bamoussa, por que pomos *a*?
— Porque Véronique é menina.
— Sim, mas você não disse tudo.
Seguro na primeira pergunta, em pânico na segunda. Que era indiferente para Djibril, preocupado com outra coisa.
— Prô, por que nos exemplos é sempre Véronique e nunca, não sei, Fatimah ou qualquer outro nome?
— Véronique é um nome bonito. Não? Véronique Jeannot era linda.
— ???
Nascido em 15 de agosto de 1988, Mohammed não deixou de se meter no assunto, faixa *Swade* para enxugar suor nenhum.
— Fatimah também é bonito. É o nome de minha avó,

---

* *"Le pâtissier a appelé Véronique. Le pâtissier l'a appelée."* Em francês, é necessário fazer a concordância do objeto enunciado antes (*l'*) com a forma verbal referente posposta (neste caso, o particípio *appelée*). No original francês, a explicação do professor trata dessa particularidade da língua francesa. (N. E.)

prô. Ela faz bolos, prô, juro pela minha vida, os melhores bolos do Magrebe.
— Nesse caso, os que quiserem pôr Fatimah, ponham Fatimah. Vocês podem também pôr Brigitte, Naomie ou Robert, a mim o que importa é que vocês ponham *a* no lugar de Véronique.
Bamoussa ficou totalmente transtornado.
— Mas, prô, se for Robert, não se usa *a*, porque é menino.
— Ah, desculpe, sim, claro, vocês me confundem com as suas histórias. Então podem pôr Fatimah, Brigitte, Naomie, mas não Robert. O que foi, Hakim?
— Podemos pôr Delphine?
— Não, Delphine não.
O céu desaba sobre a cabeça.
— Por que não?
— Porque não, Delphine, de jeito nenhum. Nas minhas aulas, nunca vai ter uma Delphine, só se passarem por cima do meu cadáver.

◻

Eu ia apressado em direção à máquina de café, chamaram-me, era Alyssa de moletom Timberland azul-marinho e faixas brancas. Alyssa, cuja classe eu havia dispensado dois minutos antes para um café para o qual eu ia apressado no momento em que ela me chamou, de moletom Timberland azul-marinho e faixas brancas.
— Prô, eu queria saber o que é ponto e vírgula.
Café sem açúcar, de fazer doer a garganta.

– Claro que você sabe o que é um ponto e vírgula. É um ponto com uma vírgula embaixo.
– O que eu quero saber é quando a gente usa. Às vezes o senhor é muito bobo.
Sem açúcar e bem quente.
– Eu já expliquei a vocês como se usa.
– Sim, mas eu não entendi.
E fumegante.
– Bem, é menos forte que um ponto e mais forte que uma vírgula, é isso.
– Sim, mas quando a gente usa?
– Alyssa, lamento, mas agora tenho um encontro com um pai de aluno, veremos isso uma outra hora.
– Quando?
Três metros mais adiante, central nuclear ameaçando contaminar a capital caso explodisse, Sandra ia e vinha sem parar, não ligava para os seios que sacudiam sob a camiseta, deixava cair e levantava a meia de malha preta com listras amarelas, interpelava as garotas, provocava os garotos, correu ao encontro de Michael e Hinda, que tinham se isolado um tempo e agora voltavam para o grosso da tropa. O primeiro chorava e se afastava da segunda, que se parecia com não sei mais quem e acabava, sem nenhuma dúvida, de lhe dar um belo fora. Sandra abraçou Michael, dizendo não precisa chorar por isso. Hinda conteve-se para não rir, e de fato não ria, o tempo estava fechado, um dia o sol penetraria a sombra do pátio interno e eu tomaria o café de um gole só.

— Passemos a Mezut.

O U soltou um suspiro unânime. Line falou pelos outros.

— O que vamos fazer com ele?

O U unânime ficou mudo diante do que não era uma pergunta.

— Ele não está bem, ainda por cima.

— Sim, às vezes ele chora.

O coordenador pedagógico Serge sabia de coisas que não podia dizer.

— Acho que existe um pequeno problema de violência com o pai. A mãe já apresentou queixa por ela e me pergunto em que medida o filho também já não passou por isso.

O diretor não deixou que o silêncio glacial se dilatasse.

— O que ele pede?

— Primeiro ano geral.

A orientadora educacional interrompeu o estupor unânime.

— Evidentemente, ao dizer isso, ele não tem consciência da situação, cabe a nós encontrar para ele um lugar mais condizente com a sua capacidade. Um ofício, alguma coisa assim.

— O problema é que ele gostaria de trabalhar no comércio.

— Ele podia ter aulas de comércio aqui no recreio.

Ricto de satisfação de Julien, autor da piada, sorrisos envergonhados do auditório, exceto o diretor, que voltou a solicitar a orientadora.

— Tem lugar para todo mundo no primeiro ano geral. Aprendiz de comércio, isso existe?
— Sim, sim. Chama-se CFA* comércio ou aprendizado unidade comércio. Em síntese, é repor as gôndolas num Franprix da vida, é genial.
Ela havia dito é genial e expressado o contrário com uma careta. O diretor disse que já era um começo e que seria necessário ajudá-lo no preenchimento da documentação de orientação, e que para o resto, pois bem, era muito triste.

◻

Eu não havia sido avisado da chegada de um aluno transferido e ele não tinha se apresentado. Tinha acabado de se instalar no fundo, à esquerda, no lugar deixado vago por Souleymane. Eu lhe fiz sinal para vir até a mesa, *Mafia Law* na camisa polo de mangas compridas.
— Você vai escrever pra mim numa folha seu nome, sobrenome, a escola de onde você veio e seu endereço, certo?
Falei mais alto para chamar a atenção dos outros vinte e quatro, tão barulhentos quanto se disputassem três lugares.
— Gostaria que os que estão de pé se sentassem.
— Eles não vão fazer o contrário.
Era Mohammed-Ali que tinha resmungado isso. Eu fiz uma careta sorrindo e semicerrei os olhos tipo muito esperto.

---

* Centro de Formação de Aprendizes. (N. E.)

— Peguem uma folha e escrevam no alto e em maiúsculas "correção da redação sobre as lembranças da primeira infância".
Devolvi os trabalhos. Zheng tinha tirado 7,5. Gibran apagou o sorriso de não sei o quê e perguntou se a nota valia para o segundo trimestre. Eu disse sim, mas não é hora de calcular a média, mas de pegar uma folha para fazer a correção. Katia não tinha folha, pediu uma a Fazia, que tinha pintado o cabelo de vermelho, levantou para lhe entregar e, ao passar, Sophie tirou a folha da mão dela para dar a Soumaya, que, vendo Katia fazer habilmente de sua agenda moeda de troca recorreu à minha arbitragem.
— Prô, isso não se faz.
— Não sou especialista em puericultura.
Sandra, ligada no setor curto-circuitado pela central, disse que sua irmã mais velha era puericultora. Hakim disse que ninguém estava nem aí para a irmã dela, e Sandra disse que é melhor você cuidar da sua porque todas as noites ela anda por aí com cafetões. Cada um tendo recebido seu trabalho, li a redação de Amel, que falava de seu ciúme quando nasceu um irmãozinho. Amargurado com seu 2,5, Haj resmungava.
— Se a gente não tinha nada para contar, como poderia fazer?
— Tenho certeza que todo mundo tem alguma coisa para contar.
Ele resmungava.
— O que o senhor quer que eu conte?
— Tenho certeza que, se procurar, você vai achar.

Ele praguejava.

— Não vou contar o que eu faço, a escola e tudo mais, isso é uma porcaria.

— Pois a escola pode ser muito interessante.

Ele ficou amuado.

— Não, é uma porcaria.

O sinal fez vinte levantarem voo de uma vez só. Ficaram Sandra, que cantava sacudindo os pneuzinhos, Hinda, que se parecia com não sei mais quem em versão melhorada, Soumaya, em quem apareceram espinhas primaveris, e o novato, que me entregou a folha de informações. Ele se chamava Omar, tinha dezessete anos e um tutor.

— Você fez sua autobiografia com sua outra professora de francês?

— Era um professor.

— Você fez sua autobiografia com seu outro professor de francês?

— Não sei.

— Você ao menos entendeu o que era?

— É quando eles contam a vida deles e tudo o mais.

— Por que você trocou de escola, você se mudou?

— Fui expulso.

— Ah. E agora você vai começar a estudar firme?

— Sim.

◻

Wenwu e seu pai sentaram-se do outro lado da mesa. Eu virei o boletim para o pai, para lê-lo com ele, depois mudei de ideia a tempo. Lendo sozinho, eu falava a Wenwu,

que às vezes traduzia e na maior parte do tempo não traduzia. Nós dizíamos coisas um ao outro que já havíamos dito em particular. Quando chegou a hora de encerrar a conversa, o pai fez um sinal com a cabeça sorrindo e juntando as mãos, Wenwu disse até logo uma primeira vez pelo pai, uma segunda vez por ele.
– Até logo, Wenwu.
Uma mulher cruzou com eles e, sentando-se, apresentou-se como mãe de Mezut. Ela franzia continuamente a bela testa.
– Eu não entendo, veja o senhor. É verdade, bem, é duro para Mezut não ver o pai, e é verdade também que ele tem família na Suíça e na Turquia, que ele não vê, mas fora isso, ele tem tudo que precisa. É verdade também que ele não queria vir para essa escola, ele queria ficar com os amigos lá do outro bairro, mas quando nós mudamos, eu disse nem pense que vai pegar metrô, então eu o matriculei aqui, e é verdade, bem, foi um pouco difícil para ele, mas acho que não é esse o problema, o problema, acho, está na cabeça dele, às vezes eu penso isso.
– Eu entendo.
– Acho que Mezut está deprimido, o senhor sabe, e eu me pergunto se não seria o caso de consultar um psicólogo ou algo assim, o senhor sabe, porque acho que é na cabeça, o senhor sabe, sobretudo porque ele não fala nada, é verdade, ele é gentil, mesmo quando não está bem, ele não diz nada, fica guardando as coisas e tenho a impressão de que ele está deprimido, deprimido não, mas não está bem, e eu não entendo, ele não vê mais o pai, eu não entendo.

— Eu entendo. A senhora vai ter que voltar outro dia para falarmos sobre isso.

A seguinte era loira como o filho, mas não a identifiquei.

— Sou a mãe de Kelvin.

— Sim sim, lembrei, sente-se, por favor. Foi bom a senhora ter vindo, porque tenho muita coisa para dizer.

Ela se sentou. Eu lhe mostrei o boletim, apontando com o indicador a nota de matemática. Ela sabia, ele sempre teve dificuldade com contas, ela pretendia pedir ao irmão mais velho que o ajudasse, principalmente no terceiro trimestre, e Kelvin come na classe?

— Comer na classe, o que quer dizer?

— Salgadinho, coisas do tipo.

— A senhora está me perguntando se Kelvin come salgadinho na classe?

— Sim, eu gostaria de saber.

— Ouça, eu não vejo tudo, mas acho que não.

Ela não considerou a resposta.

— Porque na verdade ele engordou dez quilos este ano e eu nunca vejo ele comer, então eu estava me perguntando onde é que ele engordou.

— Entendo.

— É verdade que eu, bem, sou sozinha, então não posso ficar no pé dele, quando estou no pedágio é o dia todo, até eu voltar, então talvez seja nessa hora que ele come, dez quilos em um ano, o senhor pode imaginar?

— Sim.

— Com certeza com o pai as coisas seriam diferentes, aliás, quando ele vai pra casa dele nas férias, ele tem tendên-

cia a emagrecer, porque ele pesca com o pai no canal e assim ele não fica solto em casa ou depois pela escola, percebe?
— Sim.
— Ele adora pescar, então, depende, desde que a gente ajude e que ele traga qualquer coisa, porque quando ele não consegue nada, ele fica três dias sem abrir a boca, o que dá um certo alívio, apesar de que o problema não é ele ser tagarela, é mais que ele acaba dizendo coisas que não deveria dizer, então eu digo a ele, veja, Kelvin, tem coisas que não se deve dizer e então ele me diz sim, eu sei, não vou dizer mais, e no dia seguinte começa tudo de novo e ele diz outra vez, apesar de não dever dizer, e eu digo se um dia você disser isso pro seu chefe, você vai ver o que ele vai te dizer, não é verdade o que eu estou dizendo?
— É.

◘

Habiba não podia acreditar.
— O livro inteiro, as frases começam por eu me lembro?
— Sim, sim, o livro inteiro.
Ligada em duas centrais, Sandra não pediu a palavra.
— Posso ler esse livro, prô?
— Claro que não.
Eu queria ter ficado sério, mas sua perturbação era tanta que, mostrando alguns dentes, dei a entender que sim, claro, ela podia ler, que ela entenderia e amaria o livro porque era dotada para a vida. Mohammed-Ali puxava o capuz de Hakim, que tinha desistido de reclamar. Em hipótese alguma Haj leria até o fim esse livro de doente.

— Ele faz as pessoas se lembrarem da época delas, é por isso, se não fosse por isso não tinha valor.
Eu pulei, Pedagogia, reatividade.
— A propósito, essas lembranças são em geral de que época, na sua opinião? Mohammed-Ali, deixe esse capuz em paz e me diga de que época datam essas lembranças.
— Não sei, 1985, por aí.
— A televisão era em preto e branco em 85?
— Não sei.
— Você não sabe, mas se pusesse seu cérebro para funcionar, você talvez soubesse. E os outros também. Isso não vem assim de repente.
Não vinha assim de repente nem de outra maneira. Mesmo para Zheng, voltada para a luz, isso não vinha de repente. Eu não tinha dormido bem.
— Tem uma lembrança, em particular, que deveria deixar vocês com a pulga atrás da orelha.
Hakim tinha voltado a pôr o capuz para acabar com a brincadeira.
— O que quer dizer, prô?
— O que quer dizer o quê?
— A pulga não sei o quê.
— A pulga atrás da orelha é o que faz a gente descobrir as coisas. Tem uma lembrança que deveria fazer vocês descobrirem e, Hakim, você pode tirar o capuz, assim Mohammed-Ali não vai ficar tentado.
Nenhuma pulga atrás de nenhuma orelha. Eu teria de dar uma pista. Pedagogia.
— Por exemplo, "eu me lembro do primeiro concerto de Johnny Hallyday". Isso não diz nada pra vocês?

Para Haj, nascido em 13 de setembro de 1989, não dizia nada.
– A gente não sabe quando ele começou a cantar.
– Mas existe um meio de descobrir.
– Sim, mas a gente não tá nem aí pra ele.
Comecei a ficar irritado.
– Eu também não estou nem aí, você acha o quê?
– Mas é da sua geração.
Eu estava ficando irritado.
– Ah é? Johnny é da minha geração?
– Sei lá, ele é velho.
– Ele é velho quanto?
– Não sei, cinquenta.
– E eu tenho quanto?
– Não sei, mas se o senhor sabe quantos anos ele tem, isso quer dizer que o senhor já era nascido.
– Sim, claro, Johnny é meu filho.
Recomecemos.
– Você não viu os cartazes no ano passado, por toda Paris?
– Que cartazes?
– Você mora em Paris, não?
– Sim.
– E você não viu os cartazes "Johnny comemora seus sessenta anos"?
– Não tô nem aí.
Eu estava irritado. Pedagogia.
– Eu também não estou nem aí, você acha o quê? Simplesmente acontece que moro em Paris e os cartazes esta-

vam por toda a parte. E se ele tem sessenta anos, deve ter começado nos anos sessenta, já que os cantores em geral começam com vinte anos. Assim, portanto, podemos concluir que o primeiro show de Johnny Hallyday data dos anos sessenta, OK? OK, pra todo mundo?

Vagamente OK, todo mundo.

– Mohammed-Ali, se você está apaixonado por Hakim, beije-o na boca, mas deixa o capuz dele em paz, seria um sossego para nós.

Trinta

Um homem de trinta ou trinta e cinco anos fumava um cigarro tragado sem melancolia, xícara sobre o balcão de cobre. O garçom uniformizado ouviu-o murmurar um até logo para todo mundo e ninguém.

Lá fora, o dia já alto deixou à vista um ajuntamento de alunos para além do açougue chinês. Depois da esquina, eles quicavam uma bola de borracha diante da porta escancarada de madeira maciça. Estava mais fresco no saguão, depois no pátio ladrilhado e à sombra dos muros do pátio interno, e atrás da porta azul Valérie consultava seus e-mails. Gilles tinha chegado mais cedo para tirar cópias.

– Oi.

Ele levantou a voz acima da copiadora, que cuspia triângulos idênticos.

— Você não imagina como me enche o saco estar aqui.

Sobre a camiseta que ia até os joelhos de Léopold, dois elfos se agarravam.

— Não tenho vontade de começar de novo, isso é grave.

Os primeiros alunos conversavam no pátio. Ao entrar, Julien estava bronzeado sem marca de óculos.

— É duro voltar, caramba.

A copiadora talvez não parasse nunca mais de cuspir.

— Você nem imagina como me enche o saco estar aqui.

— Ora, não falta tanto assim para a gente se livrar.

Eu não tinha dormido bem.

— Trinta.

◻

Dico relutava em subir a escada atrás dos outros.

— Ande depressa.

— Pfff.

Um andar acima, Djibril puxou o gorro primaveril de Mohammed, que de imediato tentou reagir com uma bofetada da qual o agressor se esquivou com um pulo de lado e no impulso tomou a direção do corredor do primeiro andar. Não o vendo voltar, acelerei o passo em direção ao patamar para dar uma olhada à direita. Nada de Djibril. Avancei até a porta corta-fogo do fundo, atrás da qual Djibril também não estava. Pensei que ele tivesse subido pela escada de emergência para nos encontrar no segundo andar.

– É o preço que se paga.
A voz me era conhecida e vinha de um recanto escuro. O homem se adiantou para se petrificar a dois metros, fixando o olhar no fundo do meu cérebro.
– É o preço que se paga. Não se pode querer o número e não querer a desordem. Não se pode querer pela metade. Só é preciso dormir melhor e continuar a querer. Ele não tinha de novo um braço, o direito.
– É preciso ser moderno, completamente.
– Sim.

◘

Eu tentava controlar a britadeira.
– Como é que se chama quando a gente diz o contrário do que pensa e ao mesmo tempo dá a entender que a gente pensa o contrário do que diz?
Sob o olhar apaixonado de Indira, Abdoulaye fez uma careta de úlcera no cérebro.
– Prô, sua pergunta dá dor de cabeça.
O lábio de Mezut ainda estava vermelho de sangue.
– Qual é a pergunta, prô?
Mera havia trocado de óculos e investiu na primeira fileira.
– Não é ironia?
– Bem, sim, é exatamente isso. Quando o narrador diz os escravos eram tratados mais humanamente pelos europeus do que pelos chefes africanos porque os acorrentavam pelos tornozelos e não pelo pescoço, isso é uma ironia. Me digam uma frase irônica.

Polo 63 a bombordo.
— Sim, Bien-Aimé?
— O senhor é bonito.
— Obrigado, mas e a frase irônica?
— O senhor é bonito.
— OK, entendi, obrigado de minha parte.

Mera tinha mudado de lugar, de óculos, mas não de estojo *Kookaï*.
— Amanhã o prô de francês não vai vir, que peninha.
— OK, é meu dia. Sim, Tarek, sua vez de me atacar.
— Este ano fizemos muitos ditados em francês.

De seu lugar na primeira fileira, Mezut jogou qualquer coisa no cesto.
— Mezut, pede-se licença para fazer isso.
— É a minha caneta vermelha, está vazando.

Uma mão de Alyssa segurava o lápis roído até a grafite, a outra apontava para o céu prestes a se abrir.
— Prô, na televisão eles sempre falam da ironia do destino, mas a gente não sabe o que isso quer dizer.
— É um pouco diferente, isso de ironia do destino. A ironia do destino é quando se tem a impressão de que o destino caçoa das pessoas. Por exemplo, eu estou prestes a me afogar e é o meu pior inimigo que salva a minha vida, percebe?
— É um pouco como uma vingança, na realidade?
— É. Enfim, não, não exatamente. Digamos que um jogador de futebol joga num clube e é dispensado por esse clube, no ano seguinte ele está jogando em outro clube e, num confronto com o seu antigo clube, ele marca três

gols, então o jornalista diz: ironia do destino, fulano infligiu uma derrota a seus ex-companheiros. Deu para entender melhor?
— É o que eu dizia, é um pouco como uma vingança.
— Não, não, não exatamente. Digamos que a ironia do destino é um pouco diferente. Aliás, a expressão é muitas vezes mal usada.
— Por quê?
— Justamente porque é um pouco diferente.

◻

Marie chamou a atenção de todo mundo.
— Todo mundo precisa saber de uma coisa.
Todo mundo prestou atenção.
— A mãe de Ming, que está na sétima, recebeu uma ordem de expulsão. Ela vai ser julgada na semana que vem, e corre o risco de ser mandada de volta para a China.
Danièle soprava uma moeda de cinco centavos.
— Isso é loucura. Faz três anos que a família está aqui.
— Sim, mas você sabe como é, um dia eles resolvem dar uma batida entre os clandestinos, e ela foi pega.
— E o pai, não?
— Não, o pai não, apesar de estar exatamente na mesma situação. Enfim, deu para entender a situação?
Todo mundo entendia a situação.
— O que eu proponho primeiro é que a gente se reúna para pagar ao menos uma parte do advogado, porque os honorários são refresco. E depois que a gente se vire para ir ao julgamento, para pressionar um pouco.

Sob o castelo medieval da camiseta comprida de Léopold sangravam as letras de *Devil Forever.*
— E Ming, ele também vai embora?
— Não se sabe. A princípio, não.
Medieval, com chamas que transbordavam das ameias.
— Na verdade, isso é terrível, porque, francamente, Ming tem valor.
Marie colocou um envelope na mesa do centro para que todo mundo fizesse sua contribuição. Todo mundo contribuiu. Géraldine estava chateada.
— Bem, eu queria contar que estou grávida, mas vou esperar uma ocasião melhor.
Exclamações de entusiasmo transformaram o adiamento em preterição.
— Eu tinha até comprado bombons.
Ela desamarrou a fita de um paralelepípedo de papelão dourado, apresentou aos que estavam próximos, e as bênçãos caíram sobre ela.
— Desejo duas coisas: que a mãe de Ming consiga escapar e que o meu filho seja tão inteligente quanto Ming.

◘

O texto evocava uma greve de mineiros. Terminando a leitura com muito mais barulho que uma britadeira, Sandra emendou imediatamente.
— Prô, para que serve o carvão?
— Antigamente, era o nosso combustível principal. Brincos triangulares de plástico. Pretos.

— O que é combustível não sei o quê?
— É o que queima.
Ela era a única que não estava dormindo. O texto era ruim, as questões propostas no manual eram muito pesadas. Eu me apoiei na data.
— O que aconteceu de importante em 10 de maio?
Alguns narizes levantaram a cabeça, interrogando-se.
— 10 de maio de 81, essa data não lembra nada?
Os narizes eram fracos em história contemporânea.
— No dia 10 de maio de 81 aconteceram duas coisas, e podemos dizer que uma empanou um pouco a outra.
Nascido em 3 de janeiro de 1989, Aissatou ativava os neurônios sob a bandana preta.
— Um atentado?
— Na época não eram tão frequentes quanto agora. A moda era a *disco music*.
1981 não despertava ninguém. Nem Sandra, que tinha desaparecido e que só mais tarde eu perceberia que tinha pulado o muro.
— Bem, 10 de maio é o aniversário da minha irmã, mas isso não tem muita importância.
Soumaya deu um grito de vagabunda.
— Qual é a idade da sua irmã, prô?
— Adivinhe.
Espocaram números que iam de doze a cinquenta e dois.
— OK, eu conto outro dia. Em 10 de maio de 81, François Mitterrand foi eleito presidente da República e Bob Marley morreu. Evidentemente, ninguém falou de Bob Marley porque a eleição de Mitterrand foi muito importante na época.

— Ele morreu como, o Bob Marley, prô?
— Morreu quando viu que Mitterrand tinha sido eleito.
— Verdade?
— Verdade verdadeira.

◘

Levadas talvez pelo cheiro de laranja, duas folhas sumiram do armário entreaberto. Duas fichas de ocorrência redigidas por Chantal e guardadas por ela na minha presença. Local: sala 102. Data: 10/05. Relato dos fatos: Mariama se levantou sem a minha autorização para jogar alguma coisa no lixo. Explico a ela que não deve se levantar sem a minha autorização. Ela me olha direto nos olhos e retruca: "É mesmo? eu não sabia. Mas agora é tarde demais". A insolência dessa aluna me obriga a requerer uma punição, seu comportamento e suas tagarelices constantes se tornaram um verdadeiro empecilho ao bom andamento das aulas.

Local: sala 101. Data: 10/05. Relato dos fatos: Peço a Dico, pela enésima vez, que se cale. Ele resmunga: Essa é boa! Tô cagando montes... Esse comportamento associado à tagarelice sem fim se tornou um incômodo sonoro. Exijo que Dico apresente suas desculpas e seja no mínimo punido, pois seu comportamento se tornou indigesto.

◘

Recostado em sua cadeira estofada, o diretor me fez sinal de que não iria demorar. De fato, um minuto depois, levantou-se para se despedir de um adulto e de Vagbéma.

— O senhor deve entender que o conselho disciplinar só vai interferir depois de todas as tentativas de chamar

Vagbéma à ordem, e que, qualquer que seja a sanção aplicada depois, será com intuito educativo.

O adolescente olhava para seus tênis desamarrados, o adulto quase esbarrou em mim, ainda cego pelas palavras do diretor que, recostando-se de novo, me indicou a poltrona que seu hóspede havia ocupado.

– É para o segundo simulado?

– Sim, o tema é esse, agora é só tirar cópia.

Por sobre a mesa de ébano, ele pegou as folhas grampeadas. Deu uma espiada nelas.

– Marguerite Duras, isso é bom. Você gosta de Duras?

– Não, mas tudo bem.

– Eu vi a petição a favor da mãe de Ming. Esperemos que sirva para alguma coisa.

A secretária Zineb apareceu no vão da porta, brincos azuis de plástico.

– Nosso caro Mahmadou quer o gorro dele de volta, o que digo a ele?

– Diga que faça um pedido por escrito e que assine.

– Ele disse que precisa dele agora.

– Nesse caso, informe a ele que está fazendo 28 graus.

Ele colocou as questões do simulado numa pasta etiquetada "cantina".

– O novato da oitava C está indo bem?

– Sim. Ele não faz nada, mas é tranquilo.

– Você sabe por que ele está aqui?

– Para dizer a verdade, não.

Ele hesitou como um aluno falsamente embaraçado antes de confessar uma besteira para a sua glória.

— Bem, agora posso contar.
Ele deu três passos para fechar a porta e se sentou ao meu lado, bem próximo do meu ouvido. Ele mal controlava o riso, enfiado no colarinho da camisa verde, gravata preta.
— Na verdade, ele tem um vício deplorável.
Sua voz diminuiu até o murmúrio.
— Esse jovem adquiriu o péssimo hábito de se masturbar em classe.
— Ah?
— Sim, o negócio dele é se masturbar.
Ele ainda ria.
— A professora dele me telefonou ontem e me contou tudo isso de um jeito meio atrapalhado. Ela me disse que era bom ficar alerta, porque ele é muito precoce.
Bateram, era a secretária.
— Mahmadou disse que o pedido por escrito leva muito tempo e que, se não devolvermos o gorro dele agora, vamos ter muitos aborrecimentos.
— Já vou ver.
Ele esperou que a porta se fechasse novamente.
— Esse é o nosso grande problema, temos alunos muito precoces.

◻

Todos os membros convocados estavam presentes na sala de estudos arrumada novamente para a circunstância, menos o interessado. A mãe o representaria.
— Eu liguei para ele agora há pouco, mas o telefone está desligado. Mas ele me disse que vinha.

O diretor apresentou as acusações contra o aluno. Oito faltas graves desde o início do ano, mais valia dizer uma por mês. Terminou propondo sua expulsão. Assim Vagbéma teria a possibilidade de recomeçar em outro lugar e, ao mesmo tempo, de se desligar do irmão gêmeo, Désiré. Há lugar para todo mundo no sistema educacional. A professora responsável pelo caso ainda fez ver que a cegueira do pai dava aos filhos um sentimento de impunidade, que ele fazia tudo isso somente para aliviar seu sofrimento, que no primário Vagbéma tinha o costume de sair para chorar quando era repreendido.

A mãe de um aluno alegou que o fato de estar na sexta A, sem dúvida, deve ter influenciado seu comportamento. Bastien retrucou que muito tinha a ver com o fato de a sexta A ser uma classe bagunceira.

A mãe tentou ainda três ou quatro vezes o celular do filho, mas só deu caixa-postal. Ela tomou a palavra, quando lhe deram, e disse que tínhamos de lhe dar uma chance, que ele faria uma boa sétima, que ele iria para a sua terra natal no verão, que lá moravam primos educadores que tomariam conta dele. Era tudo o que ela tinha a dizer, foi-lhe solicitado que saísse durante a deliberação. Assim que ela fechou a porta, o diretor assumiu um tom confidencial.

— Preciso lhes dar uma informação complementar, para que tenham em mente todos os dados do problema. Ontem eu conversei um pouco com o pai para preparar esse conselho disciplinar e, de fato, esse senhor está persuadido de que o filho foi enfeitiçado. Ele acredita piamente que o filho mais velho também, ele também passou pelos nossos muros e, de fato, tinha um comportamento infernal.

Votamos pela expulsão.

◘

Anjo de asas abertas na camiseta comprida, Léopold estava alegre.

— No geral, não falta mais nenhuma semana completa.

Valérie, consultando seus e-mails, tinha um ouvido nas costas.

— Como assim?

— Bem, nesta semana vamos emendar o feriado, na semana que vem vamos ter greve, na semana seguinte a segunda-feira é feriado, enfim, tem sempre alguma coisa.

Na tela, Valérie havia clicado em responder depois digitado "praia" seguido de três pontos de exclamação. Géraldine estava esperando gêmeos, Line foi a última a saber.

— Formidável.

— Sim, mas na hora você fica completamente zonza, perdida.

O anjo de Léopold ria de não se sabe o quê, e talvez fosse um anjo mau, um anjo do tipo exterminador, cuja bondade era só de fachada, desceu à terra para acabar com a raça humana, suspeita de bondade excessiva, mas por enquanto Marie não estava preocupada com o fim.

— A advogada já foi paga, pelo menos isso.

— É mesmo?

— Ela disse que quanto mais gente for ao julgamento melhor. Então, eu pedi para as aulas serem suspensas no dia da audiência, para que o máximo de colegas possa ir.

— E com os alunos, fazemos alguma coisa?

— Bom, eu pensei nisso, mas o problema é que não sei se Ming gostaria que soubessem, entende. Acho que deveríamos perguntar a ele. Você tem aula com ele, hoje?
— Tenho agora, vou perguntar.
No pátio, as camisetas esmagavam a concorrência. Abdoulaye entrou na fila assim que lhe pedi.
— Prô, está muito quente, a gente devia ter aula aqui fora.
— Você também quer uma coca?
— O senhor zoa demais, prô.
Ming subia os degraus à nossa frente. Teria sido melhor que eu lhe pedisse para parar e conversar. Eu diria que é realmente terrível o que está acontecendo com você, mas estamos aí para ajudar, sabe, estamos aí para ajudar porque é terrível, e também porque você é digno de admiração, você é um diamante, você é um exemplo de vida, seu cérebro é uma obra-prima e seu espírito também, será que você ficará constrangido se contarmos aos alunos para eles também poderem fazer alguma coisa em relação ao julgamento? Ming teria me escutado olhando o sol, como sempre faz quando se concentra para entender, e teria entendido, e me teria dito sim, é um pouco embaraçoso, mas não temos nada a perder, então sim, obrigado.
No segundo andar, eu destranquei a porta e deixei entrar a maior parte da tropa que ria de não sei o quê. Quando Ming passou por mim ele me disse bom-dia. Eu disse tudo bem? Ele disse tudo e o senhor? Eu disse muito bem. Uma vez instalados, pedi que pegassem o caderno de gramática para corrigir as funções do adjetivo.

– Como previsto, estão comigo as fichas para a orientação. São as fichas que vocês terão que preencher e que serão estudadas em conjunto. É a partir daí que vocês vão fazer as suas escolhas definitivas. Então, como preencher? Bem, vocês têm em geral dois quadros, não nos ocuparemos do terceiro, que é específico e não diz respeito a vocês. O quadro A é para as escolhas referentes ao curso técnico, o quadro B é para o primeiro geral e tecnológico. Em relação ao quadro A, vocês têm direito a quatro escolhas em ordem de preferência. Então, vocês vão colocar, por exemplo, secretariado como primeira escolha e, na frente, o colégio onde gostariam de fazer esse curso. Depois vocês passam para a segunda escolha, por exemplo, bordado, e também vão colocar o nome do colégio correspondente, bem como o endereço, que vocês vão encontrar na brochura "Após a Oitava Série" distribuída em dezembro. E assim por diante. Vocês podem fazer quatro escolhas na mesma área profissional, mas é aconselhável ampliar suas escolhas para terem chance de substituição, caso a primeira escolha de vocês não seja aceita. Para o quadro B, também, quatro escolhas, mas dessa vez não coloquem área, porque é justamente um primeiro ano indefinido. Vocês devem apenas indicar as duas áreas de referência que gostariam de seguir, já prevendo o segundo ano que desejam cursar. Se, por exemplo, vocês pretendem seguir um segundo ano tecnológico industrial, é evidente que será inútil estudar latim no primeiro ano, ao contrário, não vale a pena estudar Laboratório de Física e Informática no primeiro ano se pretendem seguir um segundo em literatura etc. etc. E então, na frente dessas duas áreas de referência, vocês vão escrever o nome e o endereço do colégio onde gostariam de estudar, evidentemente, para isso, antes é necessário se informar se o colégio em questão oferece essas opções. A diferença em relação ao quadro A é que, exceto para a primeira escolha, vocês são obrigados a escolher um colégio da região onde moram. Bem, região, o que é isso? Ao todo, vocês têm quatro, que no geral correspondem a Oeste, Leste, Norte e Sul. Nós somos da região Leste, quer dizer, guardem bem isso, os distritos um, dois, três, quatro, dez, onze, doze, vinte e o nosso, evidentemente; logo, em síntese, vocês são obrigados a escolher um colégio nessa região, é assim, com exceção da primeira escolha. Nesse caso, vocês podem escolher uma escola fora da região. E para saber qual quadro preencher, vocês devem se basear na recomendação do conselho de classe. Se receberam OK para o primeiro ano geral, vocês devem preencher o quadro B, se não receberam para o primeiro ano geral, mas sim para o técnico, vocês devem preencher o quadro A. E se receberam a recomendação de fazer as provas para o primeiro ano geral, vocês devem preencher os dois quadros, é isso, é muito simples.

◻

Dico subia para a classe atrás dos outros, mas na minha frente. Ultrapassando-o sem olhar para ele, eu disse para ele acelerar, ele resmungou que estava cagando e andando. Após um tempo de pseudorreflexão, eu parei, virei para ele com o indicador na altura do seu nariz e ele envesgou para me medir de alto a baixo.

— Não fale assim comigo.
— Quê? Não tô nem aí.

Ele estava cercado, tentou continuar, eu segurei seu braço, ele levantou a voz.
— O senhor não pode me segurar desse jeito.
— Eu não seguro se você parar.
— O senhor não pode me segurar desse jeito e pronto.
— Eu não seguro se você parar, e em primeiro lugar você não me dá ordens.

Ele estava a ponto de explodir, minhas pernas bambearam.
— Está bem, me solta.
— O que é que há, está nervoso? Outro dia você disse que eu tinha raiva de você, mas parece que agora é você.

Ele subiu um degrau para me desafiar.
— OK, você me acompanha até a diretoria.

A classe tinha descido novamente um lance de escada e se comprimia alguns degraus acima. Djibril se destacou do grupo e se interpôs, empurrando o amigo e o chamando à razão como em um milhão e quinhentos mil filmes.
— Djibril, o justiceiro em ação. Não precisamos de você. E os outros, subam, não estamos num teatro. Você me acompanha.

Parar de pensar no resto, pernas bambas e tudo o mais. Surpreendentemente, Dico me seguiu, mas a alguns metros.
— Para de andar desse jeito, por que vai procurar o diretor, por que a gente não fica por aqui? Bichinha.

Eu me plantei no meio do pátio, nossas vozes se ergueram.
— O que você acabou de dizer?
— Por que a gente não fica por aqui?

— Porque quero me livrar de você, é muito simples, extremamente simples.

— Fica, se o senhor é homem.

— Por quê? O que você quer fazer aqui, exatamente? Você vai me esperar aqui, não se mexa.

Andar com passo firme, evitar levantar os olhos para as janelas de onde a classe se deleitava com o espetáculo. A porta da diretoria estava aberta, e pude ver que uns oito alunos escutavam um sermão do diretor. Voltei até Dico, agora sentado num banco. Voz baixa, inclinado sobre ele, nariz contra nariz, pensamento desligado do resto.

— O diretor está ocupado, então você vai esperar aqui. Está claro que não quero mais ver você. Amanhã é feriado e depois de amanhã é o simulado, então não posso fazer nada, mas na quarta-feira não quero ver você na minha aula.

Mariama tinha descido para ver, minha raiva se voltou contra ela.

— O que é que a zeladora está fazendo aqui?

— Eu não sou zeladora, essa é boa.

— Suba e me deixe em paz.

◘

Olheiras profundas, Gilles colocou as provas do simulado na mesa oval. Empilhadas com as outras, comecei a contá-las.

— Foi tudo bem?

— Sim. Nós, de matemática, não estamos acostumados a fazer ditados.

– As instruções estavam em cima da mesa? Ler uma vez até o fim, depois duas vezes cada trecho, depois uma outra vez até o fim antes de recolher.

Recomecei a contar. Totalmente bronzeado, Julien largou o último pacote de provas. Seu olhar se deteve em Gilles.

– Você não está com boa aparência.

– É, e ainda por cima me obrigaram a ditar.

– Eu segui as instruções.

– Sim, mas enfim. Da próxima vez, vou pedir aos professores de francês que redijam as questões de matemática, quero ver a cara deles.

Recomecei a contar. Marie reunia novamente as tropas.

– Para o julgamento amanhã, não esqueçam de anotar nas cadernetas que vão estar ausentes.

Com a cabeça encobrindo a do camponês em oração, Claude interpelou Julien.

– Você vai ser transferido, pelo jeito?

– Sim. Para Royan.

– Que sorte, caramba.

Valérie não conseguia trocar a tinta da copiadora.

– Não é uma cidade fortificada, Royan?

– É.

– Isso é ótimo.

– Sim, mas nós vamos morar fora dos muros. Vista total para o mar, não vamos ter encheção. Seria bom para você, Gilles.

– Além do mais, sabe, eu tenho a língua meio presa, então você tem que ver que os alunos nunca deixam de notar quando faço um ditado.

Recomecei a contar.
— É mesmo?
— Sim, não sei. Certa vez, tinha uma história de peliça no ditado. Bom, eu disse "pelicha", percebe, e como os alunos não sabiam o que era, pediram para eu repetir, e cada vez era pior.
— Setenta e três. Puta merda, está faltando uma.
— Talvez tenha pulado alguma, quando contou.
— Vou contar de novo.

◘

Assim, Meritíssimo, permito-me anexar ao caso este documento. Trata-se de uma carta redigida pelos professores do colégio onde Ming, filho da senhora Zhu, está estudando em condições perfeitamente normais. Com efeito, toda a equipe pedagógica, que em grande parte se encontra aqui presente, fez questão de ressaltar que Ming fez progressos extraordinários em três anos, e que sua volta para a China acarretaria uma grande ruptura num processo de integração exemplar. Embora me arrisque a me perder em considerações sem valor legal entre estas paredes, eu acrescentaria que tal unanimidade acabou me convencendo a defender um processo que, *a priori*, como o senhor mesmo, eu teria julgado indefensável. Obrigada.

◘

— Pra começar, fala de uma jovem, mas não é um diário, mas tipo jovem como a gente, entende, igual, supernormal, tipo vai pra escola, aborrece-se com tudo isso, quase é morta pelos pais quando tira uma nota vermelha, enfim, como a gente, entende, e é por isso que eu fico com muito medo, fico pensando, isso podia acontecer comigo, entende.

Sandra, ligada em três centrais, tinha pedido para apresentar um livro à classe. Eu tinha dito *L'herbe bleue*, tudo bem, sim, sim, eu li, sim, sim, é muito bom. Tínhamos trocado de lugar, ela no quadro, eu no fundo. Os braços levantados descobriam a intervalos o umbigo, que era o olho do pneuzinho.

— Um dia ela vai a uma festa, é a primeira vez, então ela não sabe muito bem como agir, entende, finalmente ela se ambienta, dança e tudo e aí ela toma um coca, mas no copo tinha *speed* e ela não sabia, entende, então ela começa a delirar, uma coisa de doido, tipo vê umas coisas que não existem, eu juro pela minha mãe mortinha que estou contando direitinho, entende, mas o problema é que de repente ela entra nisso tudo, começa a consumir todas, entende, maconha, heroína, tudo, ela vai se entregar completamente e isso é mau, vai deixá-la louca, porque como eu disse ela é uma garota supernormal e no fim, isso eu não entendi, no fim dizem que ela morreu uma semana depois de escrever a última página. Isso quer dizer que é uma história real, prô?

— Não necessariamente. Mesmo quando se diz que esse manuscrito foi encontrado assim assado num velho cofre assim assado, isso pode ser invenção também. No caso desse livro, eu não sei. Mas o importante é que isso pode acontecer, como você bem disse.

Uma reminiscência iluminou o rosto de Imane.

— Ah, sim, quer dizer que é inverossímil.
— Não, o contrário: verossímil. É provavelmente inventado, mas semelhante ao real.

◻

— São incorreções de que precisam se livrar completamente tendo em vista as provas oficiais daqui a três semanas e é muito simples porque na realidade é só pensar, OK? Por exemplo, vocês devem se lembrar de que, na escrita, o advérbio "demais" quer dizer demais, parece loucura falando assim, mas de fato o advérbio quer dizer exatamente o que ele quer dizer, portanto tem sentido negativo. Quando na escrita eu digo "este homem é generoso demais", isso quer dizer que a generosidade do homem em questão é excessiva, e que de certa maneira pode se voltar contra ele. Na linguagem oral, em todo caso do modo como a geração de vocês usa esse advérbio, "bonito demais" quer dizer "muito bonito" e é positivo, exclusivamente positivo, "ele é bonito demais" quer dizer ele é muito bonito e eu gosto dele, OK? Lembro também que "a fim de"* se escreve com três palavras e não com duas. Quase todo mundo liga o *a* ao *fim*. É um detalhe, mas facilmente corrigível. O mesmo para "eh bem" com *h*, que todo mundo escreve "é bien" com *é*, sim sim, eu garanto, todas as vezes vocês fazem esse erro, mas não são os únicos. Bem, vou voltar um pouco à oralidade, lembro que não é porque a questão pede para vocês escreverem um diálogo que precisam escrever como falam,

---

* No original francês, a expressão analisada pelo professor é *"en train de"*. Na maioria dos casos, corresponde ao gerúndio no português. (N. E.)

entenderam? Aliás, ninguém consegue escrever como fala, é impossível, o máximo que se consegue fazer é dar uma impressão de oralidade, só isso, assim, evitem começar as frases por "francamente", evitem dizer a gente por "nós", evitem usar "sério" como advérbio, como vocês sempre fazem quando falam. É assim, tem coisas que devem ficar só na linguagem oral, por exemplo, eu acabo de dizer "tem coisas" e na fala sempre se diz "tem", em vez de "há", mas na escrita, mesmo quando se trata de diálogo, escreve-se "há", é assim, basta pensar e, se vocês não pensam, bem, não posso dizer que vão perder pontos, mas isso não ajuda vocês e, aqui, vocês viram, eu acabei de dizer "se vocês não pensam" e "isso não ajuda vocês"*, então, eu usei o verbo no presente do indicativo, por quê? Porque estou falando, porque é linguagem oral, e na linguagem oral raramente se usa o verbo no tempo correto, exceto quando se quer usar uma linguagem mais elaborada, compreendem? Mas na escrita usa-se "se vocês não pensarem" e "isso não ajudará vocês". Façam isso, mesmo que pessoalmente não se ache importante.

◻

O U se abanava com um vestido entreaberto ou com um diário de classe. Através das janelas escancaradas, um pássaro surpreendentemente assobiava a *Internationale*. No comando do U, o diretor rubricava e empilhava os boletins num canto da mesa.

— Passemos a Djibril.

---

* No original francês, está *"vous y pensez pas"* e *"ça vous aide pas"*. O professor explica que deixou de usar a dupla negação, com *"ne... pas"*, típica do francês oral e informal. (N. E.)

— Opa, esse aí.
— Quê? Ele ficou mais bagunceiro desde o segundo trimestre?
— Não, mas as lacunas, é uma loucura.
— Sim, muitas lacunas.
— Fico me perguntando como ele chegou à sétima. O diretor detesta esse tipo de comentário. Mas não deixa transparecer. Piada.
— Bem, suponho que ele passou do pré para o primeiro ano, depois do primeiro para o segundo, depois do segundo para o terceiro e assim por diante.

Jacqueline não faz piada.

— Sim, mas agora não tem mais jeito, precisamos encontrar alguma coisa para ele. Uma oitava profissionalizante seria viável?

A pergunta era dirigida à orientadora educacional.

— Sim, eu já conversei com ele a esse respeito. O problema é que ele não tem a mínima ideia do que poderia fazer profissionalmente. Não atenderia às preferências dele. Não acho que ele esteja entre aqueles alunos que precisam de uma coisa mais concreta. Ao contrário, ele é muito abstrato. Os testes de aptidão deram resultados estranhos. Oscilam entre o embaraçoso e o genial.

Desde a infância, Luc nunca deixou escapar uma ocasião de bancar o engraçadinho.

— Se bobear, o cara é um gênio e ninguém se deu conta.

Uma *bola* de gozações percorreu o U, nitidamente barrada no lugar do diretor, cujo corpo não é condutor desse tipo de energia.

— Se ele ainda não se definiu, não podemos mandá-lo para uma oitava com opção profissionalizante.
— Nesse caso, ele repete.
— Vocês acham que isso mudaria alguma coisa?
Para Gilles, não mudaria nada.
— Uma oitava normal não dá, francamente.

Como decidido por um estalar de dedos, uma forte corrente de ar empurrou a porta contra o batente e fez voar o boletim de Mezut, que passou um metro acima das cabeças, fez um ou dois *loopings* e iniciou uma lenta descida, planando até o ponto exato de onde havia decolado, dos antebraços nus e bronzeados do diretor.

◘

Todo mundo escutava Valérie.
— Lá, os salários são 1,53% mais altos que os daqui.

Enrolada num bastão, a serpente da camiseta de Léopold se esforçava para hipnotizar Rachel. Os seios de Géraldine aumentavam proporcionalmente aos seus gêmeos. Line se sentou no círculo irregular.
— Onde?
— Na ilha Reunião. Consegui minha transferência ontem.
— Mas que sorte.
— Claro, os impostos lá são 30% menores.

Claude se sentou no círculo irregular.
— Onde?
— Na ilha Reunião. Consegui minha transferência ontem.
— Sortuda.
— Claro. As taxas também são menores do que aqui.

Mas, bem, por outro lado, a gasolina lá é muito cara.

Bastien se sentou no círculo irregular.
— Onde?
— Na ilha Reunião. Consegui minha transferência ontem.
— Rabuda.

Desencorajada pelos óculos de Rachel, a serpente de Léopold se virou para Gilles, dizendo
— Tenha confiança.
— Confiança em quem? Estou morrendo de rir.
— Confiança em mim, já é o bastante.
— Eu não confio em ninguém.

Marie se sentou no círculo irregular, sobriamente transtornada.
— Bem, saiu o veredicto, perdemos.
— É mesmo?
— Era previsível. Nesse tipo de processo, só um em cada cem consegue. Mas a advogada estava confiante. Todo mundo deixou de lado a neorreuniense.
— É definitivo?
— Cabe recurso. Ganhamos tempo, mas enfim.
— E Ming, o que ele vai fazer?
— Ele vai esperar, como todo mundo.

¤

Satisfeito com a sua atuação, o diretor tinha me carregado para a sua sala com ares de conspirador.
— Consegui que os professores que vão corrigir as provas aqui corrijam apenas as do nosso colégio.
— Ah?
Satisfeito com a sua atuação.

— Assim, entende, eles não vão poder comparar com as provas de um colégio, digamos, mais favorecido, vão estar só com as provas daqui, o que vai permitir melhorar o resultado, percebe a jogada?
— Belo lance.
— Sim, devo confessar que estou muito contente com a minha atuação. Um cafezinho?

Três passos até a máquina de café, e a gravata pendia sobre as xícaras.

— Não, porque senão, compreende, as boas provas daqui, comparadas às boas provas de outro lugar, enfim, é bobagem, mas poderiam parecer médias. Café forte?
— Sim.
— Bem, isso não vai mudar o mundo, assim como não vai mudar o nariz da minha avó, mas nunca se sabe, isso pode aumentar um pouco a porcentagem.

O inspetor de alunos Mohammed apareceu no vão da porta, tendo a seu lado uma camiseta ostentando o salto de um puma.

— Posso deixar este sujeito com o senhor?
— A que devemos a honra de sua visita?
— Ontem ele disse que tinha sido agredido por três alunos e hoje, quando perguntei os nomes, disse que tinha batido contra a parede.
— Bem, obrigado, sente-se Cheikh-Omar. E aí, como é isso, a gente se machuca sozinho?

O referido se sentou, um galo enorme no meio da testa. Ele seguia com os olhos a colherzinha do diretor.

— Sim.

— É verdade que aqui é tudo muito apertado, se a gente não presta atenção, com certeza bate contra a parede.
Inspetor Mohammed, segundo.
— A garota da quinta que teve uma crise de asma pode voltar para casa?
O deliberador deliberou que sim e me usou como testemunha, baixando a voz.
— Na verdade, a crise de asma é alergia a pólen, mas esquece.
A colher tinha parado de mexer, as pupilas de Cheikh-Omar não se mexiam mais.

◻

Eles tinham acabado de copiar o tema da redação e rabiscavam o papel esperando encontrar o que dizer. Contar o primeiro encontro com um amigo, limitando-se a seu próprio ponto de vista. Chirac saberá avaliar as consequências de sua segunda derrota eleitoral em três meses ou escolherá se esconder atrás da abstenção mais uma vez maciça por ocasião de uma eleição europeia? Mais do que nunca, é preciso questionar, seria realmente necessário que... Jiajia levantou a mão.
— Professor, ele está me batendo atrás.
Atrás estava Dico.
— Pfff, ela está dizendo besteira.
— Olha, é engraçado, mas a minha tendência é acreditar nela, não sei por quê. Dico bater em alguém é algo em que se fica tentado a acreditar.
— É besteira dela. Nem toquei nela, tô cagando e andando pra ela.

— Se é assim, você vai cagar e andar lá fora.

Ele se levantou empurrando a cadeira com uma bundada violenta. Eu fingi que tinha mergulhado de novo no *Metrô*. Ele demorou para guardar cuidadosamente o material. Começando a andar em direção à porta, jogou uma caneta na nuca de Jiajia. Eu o alcancei no corredor.

— Você vai comigo para a diretoria.

Rapidamente eu me distanciei dele, que arrastava os pés atrás de mim. Eu me abaixei para tornar a amarrar meu sapato a fim de que ele me alcançasse e me ultrapassasse.

— Olha o babaca, ela está amarrando o sapato, a bichinha.

Eu o ultrapassei no pátio, ele se plantou ali.

— Por que estamos indo para a diretoria, dessa vez?

— Você acha que pode bater nas pessoas assim e depois tudo bem?

Ele começou a gritar.

— Que saco, eu não bati nela, que droga dizer isso.

— Jogar uma caneta é o quê, então?

— Não é bater, eu vou mostrar para o senhor o que é bater.

— Ah é, você vai me mostrar?

— É, vou mostrar para você.

Eu recomecei a andar em direção à diretoria, ele me seguia, esse babaca.

— Sabe, você pode me tratar por você quanto quiser, eu estou pouco me lixando, você nem imagina como.

— É isso aí, eu trato você por você, se eu quiser eu trato você por você.

Nós estávamos novamente imóveis diante da porta da diretoria, um perto do outro.
— É o que estou dizendo, estou pouco me lixando que você me trate por você.
— Eu estou me lixando, eu trato você por você, então por que viemos aqui?
— E você, por que você ainda vem à escola? Estamos no fim do ano, ninguém vai pegar no seu pé por causa das faltas, por que é que você ainda vem aqui encher o nosso saco?
— Mas é por isso mesmo.
— Você sabe por que você ainda vem? Você vem porque não sabe fazer mais nada. Porque, senão, você fica de saco cheio.
— Chega, para de falar comigo.
— E você sabe por que você fica de saco cheio? Porque a sua vida não é nada. Porque você tem uma porcaria de vida.
— E a tua é melhor?
— Sim, a minha é mil vezes melhor do que a sua, que vem para a escola porque não tem mais nada para fazer. Eu, pelo menos, não passo a minha vida num lugar que eu não posso suportar.
— Vai, chegou, para de falar comigo.
— E você sabe também por que você vem? Porque você não é forte. Você não é forte o suficiente para não vir.
— Porque você, por acaso, é um guerreiro.
— Sim, eu sou um guerreiro.
— É isso aí, você é um guerreiro.
— Exatamente.

Eu abri a porta. O diretor estava lá, de pé, cuidando de um aluno cujo nariz estava sangrando.
– Eu trago pra você o Dico de cada dia.
Para provocá-lo, passei um braço pelas suas costas, tocando-o de leve com uma das mãos. Ele explodiu, começou a gritar e a girar, cavalo na baia antes da tempestade. Até então indiferente, o diretor interveio.
– Acalme-se, Dico.
Eu estava representando a descontração processual.
– Dico bateu numa aluna, achei melhor trazê-lo aqui.
Ele gritou mais alto ainda.
– Eu não bati nela, por que ele está dizendo isso, para de dizer que eu bati, estou cheio disso, me deixa em paz, tudo bem, eu vou embora.
Ele deu um chute numa cadeira cujo encosto dançou até a mesa da secretária que ficou assustada. Dico se dirigiu para a porta, forçou minha pseudorresistência sem completar o gesto, embora não estivesse fazendo nada realmente que eu não pudesse impedi-lo de fazer. E foi inoportunamente que o diretor disse
– Deixa, é melhor.
Ele se precipitou para o pátio interno, em vez da saída. Enquanto eu apanhava o encosto da cadeira dizendo tudo bem à secretária boquiaberta, o diretor havia agarrado o babaca e obstruía seu acesso para o pátio interno, mostrando com o indicador a saída do colégio pelo pátio coberto.
– Não, não, não, você não vai por aqui, você vai por ali.
Eu me aproximei para não dar a impressão de ficar de fora. O indicador do diretor continuava apontando para a porta de madeira maciça.

— Se você quer ir embora, vá de uma vez. De qualquer maneira, nós não queremos mais você aqui. Ele atravessou o pátio coberto, entrou no saguão, depois desapareceu atrás da porta de madeira maciça.

◘

Era 1º de fevereiro de 2001, eu estava na aula de matemática, minha avó acabava de dizer para eu fazer os estudos na França. Ela disse você já é um mocinho, Ming. Eu fiquei muito contente, mas às vez fiquei triste porque eu deixar meus avós e minhas amigas. Após um longo tempo de avião, eu chegava na França. É um país libertino e humanidade. Seis meses eu estava matriculado no colégio Valmy, é uma escola muito limpa. Eu estava na classe de admissão e não era só eu, havia outros alunos chineses que eu não conhecia. Meu lugar era ao lado de Jacky; era uma pessoa muito gentil e que gostava muito de falar. Durante os dias de intercâmbio a gente ficou amigos. Ele é Paquistão, é um país que é do lado da China. Ele estava na França dois anos mais que eu e falava francês muito melhor que eu. Fazia um ano que a gente estava na mesma classe, e no segundo ano eu mudei de escola, era aqui, era o colégio Mozart. Mas a gente tinha sempre se comunicado no telefone.

◘

Tudo estava calmo demais. Nenhum movimento distraía o ambiente. As paredes aproximavam-se umas das outras e esmagariam todo mundo.

— Hakim, você deve saber: quando mesmo vai ser o jogo de abertura?

Ele levantou o nariz da folha, interrompido na decomposição das cenas do Ato II.
— É sábado. Às dezessete horas. Portugal e Grécia.
Aissatou, bandana preta e um planetário embaixo.
— Prô, pra quem o senhor torce?
Eu caminhei pela fileira e só respondi depois de encostado no armário do fundo.
— Eu torço para a Espanha.
Faiza teria a vida com que sonhava?
— Nem mesmo o senhor vai torcer para a França?
— Bem, não, na verdade não.
Hinda se parecia não sei mais com quem e as letras de *Inaccessible* riscavam seu peito.
— Pela vida de minha avó do campo, os jogadores do time da França são muito bonitos.
Soumaya gritou como se tivessem arrancado seu celular pendurado no pescoço.
— Você está doente da cabeça, eles são muito feios.
Zidane, com sua cabeleira, mais parecia um macaco. Mas ninguém estava nem aí para a aparência dele, o importante era que ele jogava bem e isso é que contava, e mesmo que ele fosse todo verde, seria igual, você não tem nada a ver com a aparência dele, se fosse um marciano ou cheirasse mal ou qualquer coisa assim. Sim, mas apesar de tudo eles são muito bonitos. Os da Inglaterra são mais bonitos, por isso eu torço para eles. Você me faz rir, são todos feios, com cara de velho, parece que abortaram na barriga da mãe. Beckham abortou na barriga da mãe? Se Beckham abortou, então você nem precisava ter nascido. Henry é superbonito. Você está brincando, você não bate bem da cabeça mes-

mo, ele não nasceu, foi cagado. Que cabeça a sua, a gente tá cagando e andando, desculpe, prô.
— Não tem importância.

Os ventres de Géraldine e de Sylvie estavam agora igualmente aumentados, depois que a primeira tirou o atraso em relação à segunda por causa dos gêmeos. Se forem meninos, vão se chamar Léo, Lucas, Clément. Se forem meninas, Léa, Marguerite, Manon. Chantal não estava grávida e irrompeu furiosa, os seios antes do resto.
— É inadmissível ter que suportar isso. Dois entraram na minha sala e me trataram de puta, foi muito agradável, garanto.

Jean-Philippe sacudia a cabeça, desolado.
— Deveríamos dizer francamente para alguns alunos pra não virem mais depois dos conselhos. Como durante o Ramadã, seria muito melhor se ficassem em casa.

Géraldine pensou que certamente seria muito pior jejuar ficando em casa, depois disse que
— São os da sexta A que deveríamos proibir de vir!

Léopold assinaria embaixo duas vezes.
— Não podemos fazer nada por eles, não adianta não adianta.
— Ora vamos, não tem que se culpar. Como minha mãe dizia, não se faz um garanhão com cavalo de lida.
— No próximo ano não vou pegar a sétima, podes crer.

Sylvie se virou para mim com um arzinho malicioso que eu detestei.

— Você, que sempre pega as sétimas, vai descobrir como é. Vai ver com quantos paus se faz uma canoa.
— Sim, exatamente, vamos ver com quantos paus se faz uma canoa. Vou pegar duas sétimas, para me assegurar de pegar o máximo de chatos. Vou começar acalmando os chatos e depois vou transformá-los em alunos desembaraçados em gramática e criativos em redação. Eu faço garanhões com cavalos de lida, é a minha especialidade. Eu sou um gênio da didática. Eu inventei a pedra pedagogial, OK?

◘

No pátio, um enxame de garotas da oitava fervilhava em torno de Rachel.
— Isso não se faz, francamente, professora.
— Francamente, isso não se faz, professora.
— Professora, isso não se faz, francamente.

Com um olhar, Rachel me disse não sei mais o que fazer, esta manhã eu propus que cada um deixasse sua marca no ginásio, neste muro. O problema é que a metade pintou os nomes de seus países de origem, uma hora depois fui obrigada a pedir aos alunos das quintas que os apagassem, então foi desencadeada a terceira guerra mundial.
— Francamente, é um abuso, professora.
— É um abuso, francamente, professora.
— Professora, é um abuso, francamente.

No muro, umas vinte mãos de múltiplas cores disputavam espaço umas com as outras. Aqui e ali, nomes, ornamentos diversos, lexemas criptografados e realmente alguns borrões que tiveram o dom de encobrir alguma coisa, o que Rachel não conseguia justificar.

— Nomes de países numa escola laica, não dá, é só isso.
Soumaya esbravejava à parte.
— É isso. Na verdade, vocês querem que a gente ponha França e ponto final. Mas eu, se eu quiser pôr Tunísia, eu ponho Tunísia, vocês querem que todo mundo seja igual a vocês, isso não está certo.
Salimata criticava mais ainda, arrancando as folhas de um galho baixo.
— Francamente, professora, isso não se faz, pedir aos da quinta que apagassem Mali e Senegal e tudo isso, é como se vocês apagassem os alunos, isso não se faz.
Rachel calçava eróticas sandálias cor-de-rosa que realçavam seus pés pequenos.
— Eu avisei vocês, eu disse nada de país.
Katia também usava tênis cor-de-rosa, mas *Converse*, com *All Star* escrito em círculo sobre o tornozelo.
— Prô, o senhor concorda, apagar os alunos, isso não se faz.
— Não sei se isso não se faz, mas vocês não tinham nada mais original do que pintar o nome de um país? Nessas circunstâncias, se me pedissem para fazer alguma coisa que me representasse, eu nunca escreveria França ou Vendée, percebem?
All Star.
— O que quer dizer "circunstância", prô?
— É um país. Tem pessoas que moram em Circunstância.
— O senhor zoa o tempo todo, prô, isso não se faz.
— Nessas circunstâncias quer dizer nesse caso, nessa situação, agora, entre essas paredes, na circunstância tal.

Desde o início, Aissatou escutava sem tomar partido. Exatamente sob o sol, orelhas em pé, concentrada em todos os termos do debate. Eu me lembraria de Aissatou por toda minha vida.

— Então o senhor teria posto o quê, prô?

— Não sei. O nome de um cantor de que gosto muito. Ou de um atleta. Ou de um escritor. Eu teria posto Rimbaud, por exemplo.

— Quem é?

— É alguém da sua idade.

Perto dos banheiros, Soumaya era um boxeador impedido de combater.

— A professora diz que é expressão livre, mas a gente não pode nem pôr o que a gente quer, isso não é expressão livre, isso cheira à merda, é isso.

Rachel estava paralisada. Salimata, porém, tinha engolido um pouco o ressentimento.

— Prô, o que é a coisa que o senhor disse antes?

— Que coisa?

— Não sei, o senhor disse França e depois uma outra coisa, não sei.

— Eu devo ter dito França e Vendée.

— É isso. O que é essa coisa de "vendée"?

— É um estado. Foi lá que eu nasci. O que eu quis dizer é que eu não ligo muito, é isso.

— É longe?

— Está vendo esse muro? Então, é além. Muito, muito além.

Katia interveio:

— Não fica meio no interior, prô?
— Sim, meio.

◘

Para a última aula de orientação ao trabalho pessoal, eu lhes pedi uma lista de vinte coisas aprendidas na sétima série. Vinte coisas que eles não conheciam e agora conheciam. Eles começaram a trabalhar sem mais explicações. Passando pelas fileiras, estendendo o pescoço por cima dos ombros, percebi que estavam seguindo apenas parcialmente as instruções.

— Não se limitem a me dizer que aprenderam o teorema de Pitágoras. É preciso que o descrevam também. Sofiane, vi que você escreveu os *sans-culottes* e nada mais. Isso não é suficiente, você tem que explicar quem são essas pessoas. Sobretudo porque duas linhas abaixo você escreveu Revolução Francesa. Deve existir uma ligação.

Lendo a folha de Mody, entregue ao fim de meia hora, pude constatar que ele não tinha mudado nada. Era uma sucessão de títulos de capítulos, todas as matérias misturadas, mas sem os conhecimentos precisos a que induziam. Todos os trabalhos estavam nas mesmas condições, com exceção do de Katia.

Eu aprendi o teorema de Pitágoras: no triângulo ABC retângulo em B, temos: CA (ao quadrado) = AB (quadrado) + CB (quadrado). Aprendi sobre o reinado absolutista, o reinado de Luís XIV, o mercado triangular: comércio estabelecido entre os mercadores europeus, os escravos negros são trocados por produtos raros na Europa. Em francês, aprendi a voz ativa e a voz passiva, ex.: "o cachorro mordeu a menina", "a menina foi mordida pelo cachorro". Aprendi como se diz "há" em inglês: *ago*. Aprendi os símbolos químicos: Oxigênio = O, Nitrogênio = N, Ferro = Fe. Aprendi do vocabulário de espanhol: colégio = *colegio*, há = *hay*, viver = *vivir*, esconderijo = *escondite*, e também a conjugação em espanhol, como as terminações do presente: *e-as-a-amos-ais-an*. Aprendi os verbos irregulares ingleses: *sing sang sung* = cantar; *drive drove driven* = conduzir; *meet met met* = encontrar; *be was been* = ser/estar; *do did done* = fazer. Também o *present perfect* em inglês, ex.: *she has just driven the water* = ela acaba de beber água. Aprendi que, em física, é sempre necessário colocar um voltímetro em derivação. Aprendi arte cubista: desenho que parte de vários pontos de vista.

Ming terminou depois de todo mundo, e só me devolveu a folha quando os alunos das oitavas, Gibran e Arthur, rindo de não sei o quê, começavam a entrar para a aula seguinte. Eu leria no dia seguinte.

◻

A sétima é a série mais importante no ensino fundamental, portanto a gente tem que estudar bastante e aprendi uma porção de coisas na sétima. O francês é a matéria mais difícil para mim, mas eu me esforcei bastante por isso aprendi algumas coisas em francês. Eu capaz de compreender pequenos livros, aprendi vocabulários que eu não sabia antes. Por causa do francês eu acho aumentei meu capacidade nas redações. O matemática não é uma matéria muito difícil pra mim. Em matemática eu aprendi o que é o Pitágoras: no triângulo ABC retângulo em B, temos: CA (ao quadrado) = AB (quadrado) + CB (quadrado). A história é uma difícil matéria para mim também, mas também aprendi coisas, eu sei o que é o comércio triangular. É um comércio entre a Europa, a África e a América, eles trocam tecidos e escravos. Eu sei o que é os novos aparelhos de comunicação no século XIX, é o telégrafo elétrico e os cabos submarinos. Em inglês aprendi muitas coisas também. Eu sei o que é o *present perfectif*. É *have* (no presente) + particípio passado. Sei também como se forma o futuro, é S + *will* + V + Comp. E aprendi muitas outras coisas...

◘

O mundo nada mais é que um esgoto sem fundo onde as focas mais disformes rastejam e se contorcem sobre montanhas de lodo.

– Então, que temos aqui como figura de estilo?

Parecia que Mezut não dormia havia cem anos.

– Uma oração principal.

– Existe uma oração principal nessa frase, realmente, mas não é isso que estou perguntando.

Alyssa já teria sacado tudo.

– É uma metáfora.

– Sim, e dizemos que é como uma teia porque se estende sobre todo o campo lexical, esse, por exemplo, podemos chamar de campo lexical da podridão.

Sob ofensiva canina permanente, o lápis de Alyssa acabou entortando em ponto de interrogação.

– Mas, prô, não é verdade o que eles disseram.

— O que ele disse, não o que eles disseram. Perdican é o único que fala. O que não é verdade?

— Que o mundo é podre e tudo mais.

— Ah, mas ele não diz só isso, justamente. Veja a última frase: "Fui eu que vivi e não um ser factício, criado pelo meu orgulho e pelo meu tédio".

— Factício, a gente não sabe o que quer dizer.

— Factício quer dizer falso, artificial, falacioso. Mas para entender bem a inversão de sentido de uma frase e outra temos que reler todo o trecho. Faremos isso da próxima vez, agora, eu gostaria de terminar a identificação das metáforas.

Alyssa já sacava o trecho mexendo mudamente os lábios. Djibril nem deu uma espiada nem abriu a boca, exceto naquele instante, sem intimação, como uma bomba programada e pontual.

— De todo jeito, só tem defunto nessa escola.

— Não vejo a relação, Djibril.

Celular no pescoço.

— Só tem defunto nessa escola, só isso.

— Se só tem defunto nessa escola, por que você continua vindo, se sabe muito bem que nessa época do ano ninguém vai cobrar nada de você?

Distintivo da Federação Malinense de Futebol costurado do lado direito da camiseta de cetim.

— É um bando de defunto, não tem o que discutir, só isso.

— Eu não estou discutindo, estou perguntando por que você se dá o trabalho de vir pra uma escola de defuntos quando não é obrigado?

— Eu faço o que eu quero, só isso.

— Justamente, não é o que você quer. Não é possível que você queira vir pra uma escola de defuntos.
— Como é que o senhor sabe o que que eu quero fazer? Tudo besteira, só isso.

Ele se levantou. Enfiou o gorro de verão até os olhos. Abriu a porta delicadamente. Fechou-a sem bater e só.

◻

Eu deveria ficar disponível numa sala do segundo andar. Esperava que nenhum aluno viesse para a revisão. *It's something unpredictable but in the end is right, I hope you had the time of your life**. Às onze horas ouvi um barulho de passos na escada. Quatro pés. Dois pares. Katia e Sandra.
— Bom-dia, prô.
— Vocês querem estudar pra valer?
— Sim, prô.
— Sentem-se, vou passar um exercício.

Elas se sentaram, eu dei um exercício sobre tempos verbais que elas não fariam. Elas tinham vindo para conversar, Katia estava excitada como uma pulga de *Converse All Star* e Sandra parecia ligada em dez centrais.
— Prô, nós vamos conseguir o nosso diploma?
— Não.
— Prô, não é pra brincar com isso, nós vamos conseguir ou não?
— Bom, se vocês estudarem pra valer, vocês têm chance. Vocês fizeram bem em vir.

---

* É algo imprevisível, mas no fim está certo. Espero que você tenha tido o tempo de sua vida." (N. E.)

Surgiram ofegantes Hakim, Imane, Mohammed-Ali, Haj, Habiba, Aissatou. E Hinda. Eles se sentaram sem pegar o material.

– Prô, podemos fazer um debate?

– E as provas, ninguém está ligando?

– O debate é melhor.

– Sim, mas não tem debate na prova.

Eles começaram a falar sobre casamento homossexual, as garotas não eram contra, os garotos totalmente, entre os quais Hakim, que fez uma careta de nojo ao dar sua opinião. Aissatou pensava, Mohammed-Ali disse que não é assim que se faz amor, Sandra disse que no campo as garotas praticavam sodomia para permanecerem virgens para o casamento, viu, é besteira, os rapazes fazem gênero, não querem garotas vulgares, mas eles são uns verdadeiros animais, viu. As garotas algumas vezes se costuram, acrescentou Katia, mesmo beijar em público é proibido no Marrocos, disse Hinda, que se parece não sei mais com quem e Sandra olhou para ela com um ar maroto muito sugestivo.

– Não é como na França, hein, Hinda?

Ela fez que não tinha entendido para fazer durar a alusão que só lhe trazia felicidade. Sandra insistiu, com olhares de devoradora de doces.

– Prô, Hinda está apaixonada.

– Ah, é mesmo?

Acelerando aos poucos, como uma turbina, Sandra não pararia mais.

– Prô, o senhor não acha que Hinda é bonita?

– Ela é muito bonita.

Katia exclamou oh, e disse
— O senhor não acha que ela se parece com Jenifer da *Star'ac*? Todo mundo diz isso, eu acho que elas são muito parecidas.
O sinal fez que maquinalmente convergissem para a porta, continuando a discussão e me desejando boas férias entre duas frases.
— Para vocês também. Mas não se esqueçam que tem mais uma semana de revisão.
Eu esperava que Aissatou, Sandra e Hinda me cumprimentassem mais especialmente, mas não.

¤

— Imagine, uma reunião! Era só o que faltava, fazer a gente voltar aqui pra isso. Bom, até logo.
Jean-Philippe não estava nada satisfeito. Sua mochila sem marca desapareceu atrás da porta azul. Na camiseta de Léopold uma águia nada atraente sobrevoava as letras de *Rhapsody*.
— Você teve muita gente ontem, na revisão?
Marie acabava de localizar a função frente-verso da copiadora.
— Sim, uns vinte alunos entre as minhas duas oitavas.
— Dico veio?
— Não. Acho que ele não vai mais dar as caras.
Élise tinha engordado.
— Se ele quiser o diploma, vai ter que ser muito melhor do que é em física.
Tendo voltado o olhar para Élise para escutá-la, Claude encadeou.

— Você descansou bastante nesses dois meses?
— Nem me fale. Dormi, comi, comi, dormi. Um sonho. Aliás, engordei.
A águia nada atraente se abateria logo sobre a letra *H*.
— E vai engordar mais, com o almoço de amanhã.
Claude tinha olhado para o corpo de Élise.
— Você vai, pelo menos?
Quatro-cinco quilos, foi o que Élise engordou.
— Sim, sim, é claro que vou. Os professores, tudo bem, mas os alunos, ainda não estou preparada para encontrar com eles.
O *H* de *Rhapsody* tinha apenas mais alguns minutos de vida.
— E a festa na prefeitura, vai todo mundo?
Géraldine não queria saber se os gêmeos eram meninos, meninas ou um misto dos dois. Os camponeses pintados atrás dela rezavam em pé pela primeira solução. Isso representava mais braços.
— Afinal, que festa é essa?
Dali em diante, iria escrever *Rapsody*.
— Acho que é um torneio de futebol.
Eu não tinha dormido bem.
— Não, o futebol é depois de amanhã.
Os camponeses rezavam, rezavam, os campos estavam secos, não se podia fazer mais nada. Marie tirou maquinalmente a tesoura das minhas mãos.
— Somos obrigados a ir? Porque o futebol, não, obrigada.
Inexplicavelmente a copiadora começou a funcionar sozinha, cuspindo folhas brancas muito mais devagar do

que de hábito, uma a cada dez segundos, mas parecia que isso ia durar eternamente, a mesma folha virgem e inútil clonada ao infinito. Léopold tentou um gesto reparador depois renunciou a interromper essa repetição, só podia acompanhá-la com a voz.

— Eu não trabalhei às quartas-feiras neste ano, não é agora que vou começar. Ele não iria nem à festa nem ao jogo. Eu sim.

◻

O diretor não suava em seu terno cinza para grandes ocasiões.

— Receio que não haja cadeiras suficientes.

Havia menos de trezentas, com efeito, preenchendo um retângulo que devia seus contornos às quatro paredes do salão de assoalho envernizado sobre o qual rangiam seiscentos tênis de marcas americana, inglesa e alemã. No fundo, um palco ocupava a largura e esperava que o diretor, agora empoleirado nele, em pé sob o lustre saturado de vidros coloridos, conseguisse silêncio. Ele só conseguia repetidos chiados do microfone.

— Durante todo este ano, eu pedi muitas vezes a vocês que se calassem. Disse frequentemente coisas como "calem-se" ou "acalmem-se", e hoje sou obrigado a dizer novamente. Mas gostaria de dizer outras coisas também. Por exemplo, que vocês têm talento, que muitas vezes vocês nos mostraram isso. Que todo mundo aqui pode ser bem-sucedido desde que queira. Pois só aprendemos quando queremos aprender, se isso estiver inserido num projeto. E é também porque acredita em vocês que o prefeito do décimo nono distrito fez questão de receber vocês aqui.

Claude transpirava enquanto controlava no pequeno retângulo numérico a vida que a lente de sua câmera abrangia, a saber, o diretor descendo do palco contra o fundo da alegoria da República em afresco, Abdelkrimo e Fatih como figurantes no segundo plano, Ming bem instalado no campo de onde nada o desalojaria, Frida luminosa, Mezut sombrio, Sandra atravessando o campo correndo, Khoumba absolutamente perfeita no papel de me ignorar, e um primeiro plano de alunos se abanando com uma folha tirada da sacola que tinha posto sobre os joelhos para aplaudir Zaïna e Hélène, que, de microfones displicentemente na mão, se puseram sob o lustre enorme para apresentar o esquete introdutório.

— Puxa, Zaïna, você está com uma cara, o que é que aconteceu?

— Eu não sei dançar, eu não sei cantar, eu não sei representar, eu não sei o que vou fazer.

— Então olhe para os outros, você vai ver, você vai gostar.

A essa deixa, Alyssa avançou para a frente do palco. Ali, num plano mais alto, ela media quatro metros, como um ponto de interrogação que cresceu depois de digerir todas as perguntas que havia feito. Sua voz não tremeu.

— Adeus, Camille, volte para o seu convento, e quando alguém lhe fizer essas narrativas hediondas que a envenenaram, responda o que vou lhe dizer: todos os homens são mentirosos, inconstantes, falsos, tagarelas, hipócritas, orgulhosos e covardes, desprezíveis e sensuais; todas as mulheres são pérfidas, artificiosas, vaidosas, curiosas e depravadas; o mundo nada mais é que um esgoto sem fundo, onde as focas mais disformes rastejam e se contorcem sobre montanhas de lodo, mas há no mundo uma coisa santa e sublime, é a união de dois desses seres tão imperfeitos e tão terríveis. Somos frequentemente enganados no amor, muitas vezes feridos e muitas vezes infelizes; mas amamos, e, à beira do túmulo, viramo-nos para olhar para trás e dizemos: sofri muitas vezes, enganei-me algumas, mas amei. Fui eu que vivi e não um ser factício criado pelo meu orgulho e pelo meu tédio.

Ela se retirou sem agradecer, substituída por duas jovens sem nome sob o lustre cansado de seu peso. Ao som de uma música de café dançante, elas começaram a se movimentar simetricamente em torno de uma cadeira, como assistentes de mágico em trajes brilhantes, depois desapareceram sob os aplausos que não desejavam. Hélène e Zaïna reapareceram, a segunda dando continuidade ao esquete.

– É isso que você chama de dança? Mas isso é besteira, isso não é dança.

– Você acha que elas podem fazer melhor?

– Eu não acredito!

– Você acha realmente que elas podem fazer melhor?

– Vamos lá, fique tranquila, elas podem fazer melhor.

– Acho que você tem razão.

Um teclado eletrônico começou a fazer tremer o grande lustre apagado sob o qual, tocando-o quase com os braços erguidos para as estrelas, as duas mesmas garotas sem nome reapareceram. Elas tinham trocado rapidamente as saias de flores de tapeçaria por meias de malha preta e camisetas vermelhas colantes. Em perfeita sincronia, elas alternaram ondulação e endurecimento dos membros, arabescos e gestos bruscos de cabeça, imperiosamente impulsionadas pela batida surda e pelas melopeias agudas da cantora anglo-saxã. Os pés saltitavam sobre as tábuas, o grande lustre frouxo tremia.

◻

Hakim, Michael e Amar voltaram do campo revoltados.
— Esse ginásio está podre, prô.
Eu parei.
— Como assim, o ginásio está podre?
Hakim vestia a camisa da Argélia, Michael a do Paris Saint-Germain, suas vozes se confundiam.
— Ganhamos todas as partidas e fomos desqualificados pelo outro, isso não se faz, prô.
— Ele nem avisou a gente, eu juro, prô, é verdade, sobre o Alcorão de Meca, é verdade, nem disseram que era um time por classe, por isso a gente se juntou com os da oitava B, e aí o outro desqualifica a gente, francamente, assim não dá.
— Eu disse, está certo, voltei pra casa, ele me disse isso, volta pra sua casa, francamente, prô, é uma tapeação.
— Sim, mas se vocês não respeitaram as regras, o que é que vocês querem que o diretor faça? A propósito, onde é o campo?
— É lá no fundo, atrás do prédio cinza.
Atrás do prédio cinza, lá no fundo, estendia-se o campo. Um punhado de meus colegas e o diretor haviam ocupado seus lugares atrás das traves, em volta e sobre um

banco de pedra. Eu indiquei com a cabeça o campo onde uma equipe de adultos enfrentava os alunos.

– Quem é que está jogando contra nós?

– Os da sétima A. Eles são fera.

Exatamente nesse instante, Nassuif partiu do meio do campo, levantou a cabeça, abriu para Baidi, que simplesmente esticou a perna numa bicicleta por cima do coordenador pedagógico Serge, que estava no gol. A bola voou lentamente em direção à rede. Ali bateu na mão do goleador e eles voltaram para o seu campo dando pulos, duas costas alinhadas sob grandes nuvens amigas. Danièle deixou de se solidarizar.

– Por enquanto, nós estamos perdendo por um gol, mas isso não vai durar.

A camisa do Marrocos de Mohammed-Ali cobriu a visão da área de jogo.

– Prô, o senhor vai jogar?

– Hum, não.

– Por quê, prô?

– Prefiro assistir.

Ele voltou a se sentar na faixa de gramado ao longo do campo. Ali passou a bola para Cheikh-Omar, livre na esquerda. Que avançou para chutar. A bola decolou em direção à copa de um castanheiro indiferente. Os alunos das quintas, aglomerados atrás do gol, exclamaram oh. A bola desceu da árvore entre ruídos de folhas, depois rolou para o campo como que teleguiada.

Com um chute impensado, o goleiro adulto enviou a bola para uma grande nuvem amiga, que se recusou a pegá-la e a devolveu ao adolescente Jingbin, que com a mão a enviou desajeitadamente a Baidi, que subiu para o meio do campo e passou para Ali, que passou para Nassuif, que deu um chapéu no vigia Mohammed e rolou para Cheikh--Omar, que de cabeça lançou no canto esquerdo de Serge, que ficou sem reação e aplaudiu, imitado por Danièle.

— Empatado. Mais um desses e é o fim.

Um de boné da quinta lançou a bola para Luc, que mancando e com as mãos no quadril devolveu para o centro do campo. Cheikh-Omar já estava pronto para pular sobre aquele que reiniciaria o jogo. A tarefa cabia a Julien, que tinha prendido o cabelo com um elástico e tentava recuperar o fôlego, curvado com as mãos nas coxas. No gol em frente, Jingbin tinha as mãos horizontalmente acima dos olhos para se proteger do sol, que cintilava no céu imenso. Julien, dobrado em dois, adiava a derrota. Baidi dava pulinhos para gastar energia.